MW00425367

COLLECTION FOLIO

Patrick Chamoiseau

Les neuf consciences du Malfini

Gallimard

Patrick Chamoiseau a publié du théâtre, des romans (*Chronique des sept misères, Solibo Magnifique, Biblique des derniers gestes*), des récits (*Antan d'enfance, Chemin-d'école*) et des essais littéraires (*Éloge de la créolité, Lettres créoles, Écrire en pays dominé*). En 1992, le prix Goncourt lui a été attribué pour son roman *Texaco.*

Pour Yasmina H.Y.F.D.
qui m'a fait entendre le Myo…

Pour Édouard Benito-Espinal
qui m'a révélé le colibri…

Pour Pierre Rabhi,
qui saura pourquoi…

Et pour l'audience du vent venant :
Yvan bien sûr, Oliver et Mallaury, Xavier et Lionel, Julian et Karl, Michael et Kery-Anne et Kevin, Miko et Thierry, Saomi et Dylan, Renaud et Valérie, Astrid, Nicolas, Noah, Axel, Jonas et Lori, Inès-Alicia, Sochia, Shinsai et Nyls et Tya, Yohann et Yann et Stan et Luana, Mélissa et Warren, Kéani et Sayanne, Hugo et Louise et Loïc et Léo, César et Martin, Mechal et Olfa, Alizé et Rubis, Jean-Marc et Mike, et Sumati…

Rien n'est vrai, tout est vivant.

Édouard Glissant

Je me suis toujours étonné qu'un corps si frêle puisse supporter, sans éclater, le pas de charge d'un cœur qui bat.

Aimé Césaire

(À propos du colibri)

Sommaire

1. La chose

Exorde – Frère, vivant... ô Nocif[1]... Je suis l'alarme. Je suis la toute-puissance. Je suis la peur et le danger. Rares sont les créatures qui, au bruit de mes ailes, ne se soient mises à geindre et à trembler. Dès mon premier envol au sortir de mon œuf, c'est une universelle vibration de terreur qui m'a instruit du contour

1. *Frère, vivant...* Un jour, au sortir d'une nuit de cyclone, j'entendis cet appel, et l'entendis encore; tendant alors l'oreille, je me découvris capable de comprendre un oiseau. Une sorte de grand rapace, à plumage noir, rayonnant d'une noblesse sévère. Débusqué de son aire par la furie des vents, il avait échoué au fond de mon jardin, parmi des branches cassées et des feuilles orphelines. Il paraissait indemne. Pourtant, quelque chose l'accablait. Comme une épreuve, sans rapport avec les dégâts du cyclone, mais qui aurait bouleversé son existence elle-même. Il me regardait. Fixe. Me regardait vraiment en s'adressant à moi...

Frère, vivant... Fasciné par son air majestueux, l'étrangeté de sa présence au sol, le sentiment qu'il revenait d'une expérience pas ordinaire, je me vis emporté dans une sorte d'impossible. Et je crus percevoir qu'il *disait* quelque chose, non en raison d'une folie subite mais sans doute parce que, depuis ma lecture d'*Alice au pays des merveilles* — ou bien celle de Kafka — trop de portes m'étaient restées ouvertes sur l'autre part du réel.

Alors, je m'accroupis comme une petite personne auprès du singulier visiteur et me mis en devoir de l'entendre... ou bien d'imaginer ce qu'il ne pouvait dire...

de ma propre existence. Et, d'aussi loin que je me souvienne, ma condition fut toujours une enviable exception dans le grouillement des êtres vivants.

Cherchez, frère, ramenez le souvenir… Il y a toujours un instant où vous avez levé les yeux du côté des nuages, et où la majesté d'un vol a capté votre regard : une silhouette, libre de toute pesanteur, de grandes ailes sereines, des courbes lentes qui dessinent l'invisible du vent… Cette magie d'une existence qui semble naître du ciel pour associer la puissance et la grâce… Eh bien, sans aucune vanité, c'était moi… moi, cette merveille que je croyais être à nulle autre semblable…

Pourtant, malgré l'éminence de cette condition, j'ai rencontré au détour d'un hoquet du destin… *Hinnk…* une chose… un presque rien… une insignifiance qui allait me faire éprouver le manque, la haine, le doute, et même cette amertume qu'inflige la jalousie…

Frère, vivant, je parle depuis l'extrême. J'arrive au bout d'une dernière mue, j'ai vu mes dernières plumes, et je voudrais auprès de vous soupeser ce qui m'est arrivé. Il n'est souffrance qui n'aspire à récit, je le sais, j'y souscris, mais ce que j'ai vécu a traversé la vallée des souffrances pour m'ouvrir au vertige. C'est pourquoi mon désir n'est pas de raconter ni de témoigner, mais de *considérer* ce qui m'est arrivé afin que cette vie que j'ai su vivre, et dévivre, puisse rester disponible dans le monde, telle une *récitation* à portée d'un besoin…

DÉCOUVERTE – C'était au temps de ma splendeur barbare. Je provenais de loin, me laissant transporter par ces vents de nulle part qui rabotent les îles de la mer Caraïbe, et j'allais je ne sais où, cherchant un territoire propice à l'apaisement des songes. Je n'espérais plus rien de ma vie, sinon la paix et le repos, et un peu de silence. Sans avoir atteint l'âge des ruminations sourdes, j'avais quitté depuis longtemps celui des impatiences. Je me croyais heureux, au faîte d'une plénitude, avec comme ultime ambition l'envie de me vautrer au fond de ce bonheur. Rien à prouver, ni à moi-même ni à quiconque, terrible et tout-puissant, je n'éprouvais même plus la vanité de l'être…

Je volais. Je survolais des îles. Je traversais des paysages. Mon regard ne cherchait rien mais il balayait tout. Et puis, soudain, je découvris ce que j'attendais au plus secret de mon esprit. Passant une haute montagne, traversant de fines brumes, mon attention fut attirée par un coin de verdure que les Nocifs semblaient avoir quelque peu épargné. Je vis des élevées de grands arbres, des ravines murmurant leur mystère sous des flancs de Pitons, un dégagement des environs jusqu'au cercle des mers. J'entendis la plainte aigre des bambous sous le labour des vents. Je vis des cascades de soleil transformer la rosée en des perles fascinantes. Je vis des plantes ouvrir d'ardentes vitalités dans des concentrations d'ombre, d'eau fraîche et de lumière... Je perçus les chaleurs et les sangs d'un grouillement d'existences... Un inépuisable paradis pour la chasse !...

Alors, ralentissant mon vol, prenant de la hauteur pour mieux comprendre à quoi j'avais affaire, j'examinai cette découverte quelque peu improbable... Au bout de quelques rondes, au-dessus de ce lieu inconnu, j'ouvris les ailes dans une spirale venteuse, claquai du bec et frissonnai des serres sous l'onde d'une allégresse : j'éprouvais la certitude inexplicable d'être arrivé... chez moi. S'il fallait radoter à l'instar des Nocifs (qui pensent encore que le monde peut gésir dans leurs mots), j'aurais pu préciser que ce lieu s'appelait : « Rabuchon, chemin moubin, section de Saint-Joseph... »

MALÉDICTION – Ainsi, à peine avais-je survolé cet endroit qu'une buse hargneuse m'encombra le chemin. Une de ces rapacités ordinaires qui infestent le monde de leur être inutile. Sans doute le petit commandeur de ce lieu. Je l'évaluai d'un œil en poursuivant mes rondes, avec la plume toute lisse et les serres détendues. Il faut dire que je ne crains rien... sauf peut-être ces grands aigles qui vivent leur sage mélancolie sur des cimes où les vents sont terribles. Je me suis souvent battu et j'ai toujours gagné. Rien ne peut m'effrayer, pas même de ces Nocifs qui —

en mainte contrée accessible à une aile — manient le tonnerre et la foudre... La buse se jeta au-devant de mon vol, avec les ailes rageuses, le cri et l'exhibé de guerre, pour signifier que cette localité était son territoire, et qu'il me fallait en retirer les serres. Elle ne méritait même pas une réponse. J'orientai une aile vers l'éclat fixe qui organise le ciel, et réorientai l'autre en direction du sol pour ouvrir à cette courbe qui nomme ma volonté... Cela aurait dû suffire.

Mais cette furie était élémentaire. Le bec mousseux et la griffe convulsive. Elle ignorait que la vie n'est qu'un mystère sans fin et des forces infinies, et qu'il y faut de la prudence, qu'il y faut du respect. Son esprit n'était qu'une confusion sans ordre. Elle n'était pas digne de moi, ni même digne de vivre...
Je terrassai cette bêtise volante.
Son corps tomba dans un brouillard de plumes et de sang qui lui sortait de la nuque. Je dédaignai sa chair. Méprisai son point de chute. Et quand mes grandes ailes noires se mirent à fasciner le ciel de Rabuchon, que mon cri de territoire instilla de l'effroi chez toutes bestioles vivantes, quelques Nocifs tendirent le doigt vers le blason de mon vol, en criant : *Malfini! Malfini...* Sans doute le nom dérisoire qu'ils donnaient à ce volatile fruste qui régnait avant moi, et dont ils m'affublèrent sans respect et sans honte.
Comme une malédiction...

RÈGNE BARBARE – Je devins le nouveau maître de Rabuchon. J'avais en ce temps-là plaisir à foudroyer le cervelet d'une proie, à sentir sous mes serres l'immobilisation irréversible qui ouvre l'infini du néant… *Hinnk.* J'aime tuer. J'aime frapper les chairs chaudes et me repaître de la saveur du sang. J'aime poursuivre les terreurs qui filent dans les ravines, qui se cachent dans les arbres, ou qui tentent de voler au plus loin et plus vite que moi. J'aime déchirer les muscles, éventrer, dérouler des boyaux, dissiper l'amertume d'une bile sous l'écrasement d'un foie… Et j'aime le tressautement de la chair qui abdique, et qui alors libère dans l'univers entier cette lumière de la vie que j'ai voulu souvent attraper de mon bec. *Hinnk…*

Je dis *j'aime,* mais cet élan n'est même pas à l'acmé d'un désir. Il est *le* désir organique de mon être. Je ne suis ni méchant ni sanguinaire. Juste une force inscrite aux violences impassibles qui régentent le vivant. Mais *aimer* est peut-être le mot juste : je vivais de cette terreur que soulevaient mes envols. Cris étouffés. Fuites. Frissons de poils et convulsions de plumes. Fixités grelottantes. Sueurs apeurées… Je dégustais cette hystérie que déclenchaient mes rondes. Comme un souffle divin qui décuplait ma force. Rabuchon tremblait sous mon emprise, et m'indiquait ainsi l'étiage de ma puissance.

La vie était simple : mes chasses et mon repos. Le monde même était simple. D'un côté ce qui était utile à mon existence, de l'autre ce qui ne l'était pas. Mon esprit fonctionnait comme une arme dévolue à mon seul destin. Je percevais des concentrations de chaleurs que j'avais fini par classer entre le mangeable et l'immangeable… Durant mes guets de chasse, ma vision capturait une pulsation mouvante, globale, que j'avais appris à nommer : *Rabuchon*… Je la déchiffrais sans efforts. En fait, je ne la déchiffrais pas : elle était une création de mon esprit. Et cela me rendait infaillible… C'était comme si le monde était construit autour de moi, pour moi, avec comme seul aboutissement : le sang et la terreur. L'immobile ne me concernait pas, il me fallait du vif pour que ma vision se fixe et déclenche ma foudre, et si je supposais quelque frémissement dans les branches des grands arbres, il n'y avait rien là qui fût capable d'aiguillonner mon corps ou l'arme de mon esprit.

Dans l'alphabet affligeant des Nocifs — avec lequel ils tentent de désigner le réel de ce monde —, mes proies étaient des rats, des chauves-souris, des poules, des crabes, des grenouilles, des oiseaux vagabonds de bon sang et belle taille, des choses volantes ou pas, bien conséquentes et chaudes. En dessous d'un certain degré de chaleur et de taille, je ne percevais rien, sinon quelque grouillis incapable de m'inciter à écarter les ailes. Au-dessus, quand la masse ne pouvait être fracturée par mes serres et soulevée par mes ailes, je me contentais d'être vigilant, surtout inaccessible, pour ne pas être victime d'une prédation perverse, de ces frappes à distance dont seule était capable l'engeance des Nocifs que rien ne peut vraiment combattre…

L'Élu – J'étais seul au monde. Je suivais l'injonction que constituait mon être. J'obéissais à ce regard implacable posé sur Rabuchon, qui pouvait déceler le moindre tressaillement à mille ardeurs de vols. Je me livrais au mécanisme ardent de mes muscles, de mes ailes, de mes serres et de mon bec. Une incandescence qui m'habitait de la manière la plus totale et qui me conférait une obscure grandeur. Car, je n'étais pas une vie ordinaire, je ne l'avais jamais été. En fait, je m'étais découvert réceptacle d'une présence de cent mille âges. Une mémoire-démon qui remontait du fond de ma lignée, comme une colère grandiose, pour s'épandre dans mes chairs et enclencher sa loi dans toutes les strates de mon esprit. Une sommation immémoriale que, dans un souffle extasié, et tout autant inquiet, je nommais : *L'Alaya… L'Alaya…*

Toutes les vies ont leur Alaya, aucune n'y échappe. Mais la mienne grondait bien au-dessus des autres, et de plus loin, et au plus large. C'était l'Alaya des Alaya. Avec elle, j'étais au-delà des croyances, inaccessible à l'espérance, étranger à l'attente et au manque : j'étais une certitude… Protégé par cette toute-puissance démoniaque et obscure, l'habitant autant qu'elle m'habitait, j'étais serein. Heureux, sans doute.

Admirable, et m'admirant moi-même dans l'impeccable exécution d'une ordonnance ancienne, bien plus que primordiale. Dans mes temps de jeunesse, j'avais pu approcher de grands aigles qui vivaient sur des cimes glaciales. C'étaient des totalités incroyables d'âges et d'expériences, ce que la sagesse pouvait offrir de plus impitoyable. Eh bien, ceux-là avaient salué en moi une forme d'excellence. Je ne m'en étais pas étonné car j'avais souvent imploré l'Alaya : *ô ténébreuse, ô démone, fais de moi une magnificence, un absolu de grâce et de vigueur, le signe d'une perfection que le vent célèbre et que le ciel honore*... Et j'avais cru pendant bien des saisons, lumière après lumière, à chacun de mes envols, que l'Alaya m'exauçait de sa bénédiction.

Je me croyais l'élu, même si, en certaines lumières, en haut du fromager qui accueillait mon aire, il m'arrivait d'être victime d'une langueur. Ma vision s'inversait dans une lente dérive. Ne voyant plus le monde, me devinant moi-même, je percevais... comme un désagrément.
Ce n'était rien.
Juste un vide sur lequel s'émoussait mon regard.
Je battais alors des ailes sans aucune intention.
Je surprenais sur ma langue attentive une... amertume... qui n'était pas celle de la charogne mauvaise.
À chaque silence de l'Alaya, j'étais seul et amer.
À chaque baisse de son intensité, j'étais triste et sans but.

Hinnk, ce n'était pas un manque de femelles, j'en avais dominé des centaines dont je m'étais défait. Ni un désir de couple : j'étais bien au-delà de cette médiocre incomplétude qui ordonne qu'on s'enchaîne à un double inversé. J'étais total. Parfait. Le monde était un agencement d'actions et de réactions. Il allait sans questions formulées et sans réponses audibles. Il n'avait pas de célébration autre que l'aplomb de ses forces et de ses contreforces sur lequel l'Alaya jouait sa partition souveraine. Pourtant, il y avait ce trouble... ce désir peut-être d'une autre perspective... un indicible *appel*...
C'est alors qu'un hoquet s'empara de ma vie.

RENCONTRE – Ce fut lors d'une de ces lumières qui s'annoncent sans signe. Je goûtais au repos quand tout à coup je vis une chose s'abîmer sur mon aire pourtant inaccessible. J'usais d'une plate-forme de branchages, tressée avec des fibres et du coton de ce vieux fromager qui lui servait de trône. Ce tiède refuge au-dessus de Rabuchon sentait la chair surie et le sang abîmé. Des osselets nimbaient les interstices d'un relent de moelles mortes qui dorlotait mes somnolences. La chose voleta à hauteur de mon bec et s'échoua dans un creux de coton, juste à côté de moi. Impossible de comprendre ce que c'était. Ça bougeait. Ça émettait un résidu de chaleur. Ça semblait être en vie mais n'avait à mes yeux aucun sens acceptable... Comment alors deviner que... ce machin... allait fasciner le reste de mon existence et m'enlever à la grandeur pour toute l'éternité ?

J'ajustais mon regard pour tenter de comprendre. Une chose. Infime. Un acabit d'insecte. Une tête, affublée d'une huppe insensée, qui paraissait ignorer dans quel sens se tenir. Deux excroissances convulsaient autour de la virgule qui lui servait de corps. Elle était pour l'essentiel grise ou sombre, avec des miroitements d'écailles, quelques taches à la gorge… une queue pour le moins désolée… une absurdité dépourvue de toute grâce… Elle ne correspondait à rien de ce que l'Alaya pouvait me déchiffrer. De fait, mes ailes ne bougeaient pas, mon bec demeurait clos, ma langue n'activait rien de cette gourmandise qui précède mes chasses. Je ne pouvais que fixer cette chose, effaré, dégoûté… pour tout dire : horrifié.

Soudain, une chose du même genre se mit à voltiger autour de mon assise. Infime aussi, et sans principe, elle semblait porter secours à l'absurdité qui s'était engloutie dans le coton de mes repos. La chose nouvelle était accompagnée d'une autre, impossiblement plus minuscule : toutes deux tentaient de m'intimider et d'ouvrir une échappée à celle qui s'était fourvoyée. C'était impensable. J'entendis un froufrou d'ailes, sans doute destiné à m'effrayer mais qui s'adressait aussi à cette chose, laquelle s'efforçait auprès de moi de reprendre quelque envolée grotesque.

J'en fus agacé. Du bec, je happai la première et elle se dissipa au fond de mon gosier avec un goût douceâtre, sans aucune consistance pour me rappeler le sang. La seconde se jeta au-devant de moi dans un froufrou très vif.
Pas croyable…
J'identifiai une agression.
L'Alaya se déclencha. Mes ailes se détendirent pour m'ouvrir à l'espace. Dans ce mouvement, je dus catapulter cette chose mais je ne sentis rien. Je m'accrochai au bout de mes branchages et la cherchai du bec, ailes battantes, mais je ne vis qu'une poussière tournoyer à plusieurs mètres au-dessus, puis retomber vers les grands fonds de Rabuchon. Je hurlai pour dissiper la marée rouge qui m'étouffait d'indignation.

Je me rabattis sur l'insignifiance restée échouée dans mon coton. D'un bec rageur, je la projetai par-dessus bord, et la vis basculer. Mon regard s'ajusta pour savourer sa chute. L'insignifiance tomba longtemps. Elle était si légère. Quand je crus qu'elle allait enfin s'écraser entre des bananiers, elle réussit une volte surprenante, se redressa, utilisa l'air de manière détraquée, sans ailes apparentes et sans battements visibles. Puis elle se mit à dériver selon une dynamique impossible à saisir : cette créature n'était qu'une virgule sans accroche pour le vent et… *elle tenait le vent.* Je la suivis ainsi, ébaubi, bec ouvert, jusqu'à ce qu'elle disparaisse de mon regard déconcerté…

Invisible – Une part de mon esprit demeura éveillée par cette piteuse rencontre. Sans savoir pourquoi, je me mis à rechercher des yeux ces horreurs minuscules. J'avais la certitude qu'elles séjournaient dans Rabuchon. Elles étaient là, quelque part, bien présentes. Mais j'eus beau guetter, tournoyer, inspecter, je ne débusquais que l'engeance ordinaire qui me servait de proies. Mes pupilles ne distinguaient que ce qu'elles avaient déjà vu et qui était capable de déclencher mes ailes ou d'animer mes serres. Je voulus écarter cette radicale œillère, mais elle s'accrocha aux mouvements de mes yeux, me forçant à admettre que, moi, si puissant, au regard infaillible, j'avais toujours été une manière d'aveugle.

Ces êtres vivaient dans Rabuchon et je ne les voyais pas ! *Il y avait donc de l'invisible !* En face de cette énigme, je connus l'inquiétude et battis des paupières. *Grande Alaya, de quoi est fait cet invisible ?! Quelle en est l'intention ?! De quels dangers est-il le gîte ?!* Je sursautais et m'envolais à la moindre sensation. Le monde devint soudain menaçant, et, moi, persécuté vraiment par tout ce qui devait exister, m'envisager sans doute, et que je ne voyais pas.

Au plus fort de ce trouble, j'allais souvent me réfugier dans l'onction des nuages. Haut. Très haut. Dans la matière du vent. Là, je me laissais tournoyer jusqu'à ce que je perçoive un frisson d'apaisement. L'altitude me rappelle ma puissance et me dénoue les ailes. Dans son havre, je parvins à me convaincre qu'une opportunité m'était offerte par ce nouveau danger : apprendre à dompter ma vision. Libérer mon regard de ces aveuglements que sont les habitudes... Il me fallut une demi-saison du coït des rats pour découvrir comment.

Quand je pus revenir sans crainte au-dessus de Rabuchon, je diminuai l'ampleur hautaine de mon regard et lui offris une innocence. Je forçai ma vision à de soigneuses concentrations qui l'obligeaient à me renvoyer des détails jusqu'alors inutiles, parfois même insensés. J'entrepris de lier tous les détails ensemble pour distinguer d'autres totalités que je n'essayais plus de fixer mais que je laissais aller à d'autres agencements. En fait, je savais voir, il me fallut apprendre à regarder... Je savais prendre, il me fallut consentir à me laisser surprendre...

ENGEANCE – Je scrutai les ravines comme jamais auparavant. J'examinai les écorces et les feuilles, ces têtes vives que les plantes présentaient au soleil. Je fixai les herbes, les trous de terre, les roches... Je m'astreignis même à contempler les immobilités. Mon attention finit par se retrouver attirée par des luminances insolites. Zébrures d'une simili-lumière qui se produisaient dans presque tous les sens, sans ordonnance et sans logique. Comme si des miettes d'étoiles étaient tombées du ciel et continuaient de gigoter dans les flots de la grande lumière. Je me rapprochai du phénomène. L'envisageai. Pris le temps de me convaincre qu'il s'agissait d'êtres vivants. Des choses volantes à moitié invisibles. Choses indéfinissables à force d'agitation et de vitesse. J'en vis une. Puis deux. Puis trois… Enfin, comme si mes pupilles s'étaient tout à coup ajustées, je reconnus dans ces brillances quelques-unes de ces choses que je voulais trouver. Puis, comme dans une révélation soudaine, je me mis à en voir dans tous les coins de Rabuchon.

Toute une engeance !

Leur espèce accusait une petite variété qui allait du petit à l'infime, de l'insignifiant à la plus négligeable des conformations. Elles n'avaient pour ainsi dire pas de corps ! Une vibration d'ailes invisibles ! Elles n'en finissaient pas de vibrionner autour de ces têtes ardentes que certaines plantes manifestent au soleil. Elles y enfouissaient l'aiguille qui leur servait de bec, ou leur tête tout entière, puis elles en assaillaient une autre dans une même impatience. Elles se déplaçaient sans cesse, sans se poser nulle part, ou rarement, et pour très peu de temps. *Hinnk !* Ces inconsistances dépensaient l'énergie d'un volcan pour une existence qui ne changeait rien à l'ordre du monde et qui se maintenait ainsi : totalement dérisoire, tout à fait inutile, et dans une intensité vaine…

Un autre phénomène me sidérait : elles étaient faites de scintillements. Ce qui couvrait leur corps microscopique était une complexité de structures qui captaient les luminosités pour les diffracter dans des irisations. Ce sortilège transformait leur dérisoire volume en… *Hinnk*… une splendeur absurde qui parcourait en mille instantanés tout le spectre concevable de l'ombre et de la lumière…

Si je m'en approchais par-derrière, leur corps m'apparaissait mat, presque sans forme, impossible à cerner aux yeux d'un prédateur… Quand je virais de bord pour les surprendre de face, elles devenaient des scintillations difficiles à soutenir. Et lorsque je planais autour d'elles, leurs miroitements s'inscrivaient dans une telle vitesse que je pensais avoir affaire à l'explosion d'une foudre minuscule. La plupart arboraient sur la tête, sur la gorge ou le ventre, des irruptions immaculées qui paraissaient écarquillées dans l'air comme l'œil torve d'un cyclope… C'est pourquoi ces choses m'étaient jusqu'alors demeurées invisibles : qui peut avoir envie d'attaquer une prunelle solitaire ? Ou d'avaler une lumière ?

J'en étais si effaré que j'abandonnai toute autre activité pour me consacrer à ces observations. J'en suivais une, puis une autre. Je m'en rapprochais autant que possible, et n'en finissais pas de la scruter. Quand la grande lumière s'en allait, je m'évertuais à les suivre dans les effacements sporadiques de l'obscur. Sans bruit, je me posais au sol, parfois sur des branches basses, parfois dans une touffe de broussailles, pour regarder ces choses, tenter encore de les comprendre à la faveur des crépuscules qui atténuaient leurs éclats les plus vifs. Et je le faisais d'une manière impure : avec autant d'appétence que de dégoût, autant de douce fascination que de répulsion vive.

Leurs ailes tournoyaient sur elles-mêmes, en effectuant une spirale verticale, cela sans cesse et sans à-coups, dans une constance qui ne pouvait que confondre l'entendement. Et cette activité démente se déployait avec un tel mystère d'aisance et d'énergie, que ces choses pouvaient, dans une série d'instantanés, fondre à l'horizontale, surgir à la verticale, tournoyer à différents degrés et, pour clore l'insoutenable, se mettre soudain à voler en arrière…

En arrière, comme de vulgaires guêpes mais… avec la vitesse de la lumière et la foudre de l'ombre.

Et je n'étais pas au bout de mes sidérations. Ces choses atteignaient à une telle vitesse que non seulement leurs ailes devenaient invisibles, mais que leurs déplacements aussi étaient imperceptibles. Elles se démultipliaient en sept points de l'espace, selon une logique que rien ne saurait justifier. Et le pire, c'est que cette frénésie absurde… admirable… s'exerçait dans tous les sens, en avant comme en arrière, soumettant l'air et la moindre molécule d'espace à leur ordre frénétique et à leur merci, de telle sorte que soudain elles pouvaient, en plein vent… *hinnk*… voler sur place.

Je les observais une à une, en soupesais le moindre détail. Mais toutes demeuraient différentes de celle qui s'était échouée dans le coton de ma plate-forme. Sans savoir pourquoi, c'est elle que je voulais revoir, c'est elle qui déjà m'obsédait, et plus je scrutais cette engeance dont elle faisait partie, plus mon désir de la revoir se faisait impérieux…

LA CHOSE – C'est au moment où je m'y attendais le moins que je la revis. Elle. Vraiment elle. Je la reconnus entre toutes, ou plutôt je sentis que c'était elle, avec sa huppe ridicule, son bec plus court, son impossible petitesse. Elle n'avait pas grandi d'un millimètre et semblait n'avoir nulle envie de le faire.

Je ne la perdis plus des yeux.
Parmi ses congénères, elle appartenait à la variété la plus infime de cette engeance infime. Mais elle dégageait une singularité impossible à définir. Quand j'avais fréquenté l'idée que cela pouvait être un oiseau, le sentiment me revenait que c'était tout autant… un insecte… une abeille, un vonvon, presque les deux à la fois, dans une alchimie aussi imprévisible que les scintillements de ses plumes écailleuses entre les plantes à têtes ardentes. Ne pas l'observer me remplissait d'ennui. Le faire m'emplissait de dégoût… Pourtant, je me surprenais à… la

contempler… dans un suspens de tout mon être et un flot de questions… *Quelle obscure et lamentable parenté faisait que cet être qui semblait un oiseau allait comme un insecte ? Qu'est-ce que cela signifiait ? Quelle était cette manière incertaine d'être en vie ? Comment le vivant avait-il pu parvenir à une absurdité pareille ? Où était la fenêtre obscure, la jonction insane, la déviation honteuse, à quel bas niveau d'indécence fallait-il la redouter… et… et pourquoi tant de grâce ?* Mon Alaya, impassible sous cette plainte, n'avait aucune réponse. Je me sortais de là dans des envols dépourvus de raison, battant des ailes à vide dans une frénésie qui sillonnait le ciel de Rabuchon avec l'incohérence d'une feuille de bois-canon victime d'un vent venant…

Cette chose et son engeance n'étaient à mes yeux qu'une impensable obscénité… *Je refusais leur existence.* Je me refusais à les dénommer même lorsque je découvris que les Nocifs les appelaient, *Holibri* ou *Colibri,* à la manière de Nuisibles plus anciens aujourd'hui disparus… Mais malgré mon refus obstiné, son image mentale finit par se muer en vocable pour une raison bien simple. De toutes les vibrations qui zébraient Rabuchon, la sienne était la plus caractéristique. Son intensité et sa fréquence étaient insolites mais, plus que tout, c'était sa manière d'être toujours à contretemps qui aiguisait mon attention. Son vol disséminait une onde, claudicante mais vibratile à l'infini au cœur de tout ce qui existait. Et, par ce vibratile, tout ce qui existait au fond de mon esprit s'éveillait, se troublait, commençait à changer… Ainsi, à force d'écouter le vol de cette créature, j'isolai un détail lancinant : elle faisait bruire ses ailes, sur plusieurs modes d'intensité, en une sorte de « froufrou ». Au fil du temps, je l'associai à ce bruissement et me surpris à l'appeler Froufrou, puis Foufou, ce qui aurait pu me faire sourire si mon bec avait su. *Foufou…* Cela convenait bien à ce que je voyais d'elle : l'infernale activité d'une créature démente qui ajoutait sa singulière démence à la démence de son espèce.

BIZARRERIE — Le Foufou était bien plus que singulier. C'était un précipité d'étrange et de bizarre. Il tombait. Se cognait sur des branches. Entrait dans des gîtes de Nocifs et ressortait de l'autre côté. Effectuait des loopings au milieu des cascades, roulait dans les savanes, harcelait des rates et des mangoustes. Persécutait les araignées. Énervait les mouches à miel et tracassait les papillons… Il examinait tout, il explorait partout. Rien ne l'arrêtait, ni le risque d'un venin, ni l'éventualité d'une blessure, de la mort ou du danger. Il me paraissait toujours à la recherche d'une autre manière de planer, de voler, de manger, dans une frénésie ludique, aussi féconde qu'inépuisable. En certains instants, il était d'une lenteur visqueuse, volait peu, circulait mollement, regardait tout sans désir aux pupilles, bien décidé à perdre son temps. Je le voyais alors s'immobiliser mille ans en face d'un vieux crapaud, assister aux tortilles insipides d'un ver de terre, errer tout engourdi avec des mouches à miel… Devant tant d'apathie, je n'étais pas loin de l'imaginer victime de ces poisons que les Nocifs disséminent autour d'eux, mais il retrouvait soudain une frétillante débrouillardise pour faire ami-ami avec un rat bancal, ou une mangouste écervelée, ou tenter le contact avec une existence tellement négligeable que nul n'aurait su la nommer.

De plus, aucune de ses périodes de lumière ne ressemblait à la précédente. Sur une saison de la couvée des merles, il m'aurait été difficile de déterminer dans sa manière de vivre quelques clairs invariants. Certains moments, privilégiant un choix d'action, il se consacrait à marcher de toutes sortes de manières, ou à explorer sans fin une gamme de sautillements… En d'autres, il se vouait à effectuer une trâlée de cabrioles qui semblaient mettre en scène les soubresauts de ses humeurs… Et, sous mes yeux interloqués, il exécutait chacune de ces toquades avec un tel infini de nuances qu'aucune stabilité ne m'était décelable.

La seule explication à tant d'étrangeté fut de considérer que c'était une manière d'être, ou plutôt de ne pas être. Il rayonnait d'une *disponibilité infinie.* D'une appétence pour ce que pouvaient lui renvoyer ses yeux, ses pattes, son bec, le sentiment de vivre… Cet appétit l'auréolait d'une bienveillance diffuse, et si les colibris ne perdaient pas une occasion de railler ses lubies, la plupart appréciaient qu'il soit si attentif, disponible pour chacun. Ce qui ne l'empêchait pas de se retrouver le plus souvent très à l'écart des autres. Son appétit démesuré de ce qui pouvait se vivre le rapprochait de tous mais l'éloignait d'autant…

Frères ennemis – J'avais du mal à définir l'exacte nature de son étrangeté. Je pataugeais dans une liste de détails quand mon attention fut attirée par un autre colibri, très actif, très visible, qui devançait souvent les autres et disposait d'un caractère dominateur. Je l'observai longtemps et le dénommai tout bonnement « Colibri ». Il était d'une telle perfection qu'il aurait pu constituer l'étalon noble de cette engeance : son expression la plus achevée. Je m'arrangeai alors pour les conserver tous les deux, autant que possible ensemble, dans mon champ de vision, et les comparer tout à loisir. Colibri devint pour moi une balise, un repère, comme un ancrage qui me permettait d'éviter la dérive sans retour dans l'énigme vertigineuse que constituait le Foufou.

Mais je réalisai assez vite que Colibri était en fait l'une de ces deux choses qui avaient porté secours au Foufou sur ma plate-forme. C'est lui que j'avais voltigé d'un agacement de l'aile après avoir gobé celle qui voletait à ses côtés. Il avait finalement survécu à sa chute pour devenir un colibri parfait. Je découvris aussi qu'il n'en finissait pas de me regarder durant mes rondes souveraines au-dessus de Rabuchon. Bien sûr, toutes les vies me guettaient, mais lui me fixait d'un éclat de pupilles chargé de plus d'animosité que de crainte; comme si, possédé par la haine, il ruminait je ne sais quelle vengeance impossible.

Je n'étais pas le seul que Colibri fixait ainsi. Il avait le même regard en direction du Foufou qu'il semblait détester autant ou sinon plus que moi. Il n'en finissait pas de le suivre des yeux avec hostilité. Parfois il voltigeait à sa rencontre dans une menace des ailes, en donnant l'impression qu'il allait jouer de son long bec comme d'une lance meurtrière. Le Foufou ne lui témoignait aucune agressivité en retour. Il se contentait de l'éviter par des voltes légères, et persistait dans ses errances apparemment oisives. Cette haine était absurde car mon Alaya percevait une très étroite proximité entre eux — et l'Alaya ne se trompe jamais car elle déjoue les apparences et tient le sceau des invariances profondes... Donc, ils devaient être de la même souche, se partager la même « Donneuse » (celle qui vous donne la vie) — et leur Donneuse commune était sans doute cette chose que j'avais avalée ce fameux temps de notre rencontre.
Je me repassai la scène en mémoire et je la compris mieux : le Foufou turbulent et curieux avait déjoué la vigilance de sa Donneuse pour venir s'échouer au fond de ma plate-forme; sa Donneuse, affolée, s'était portée à son secours, flanquée du second spécimen de sa progéniture; j'avalai la Donneuse; le fils déjà vaillant m'at-

taqua tout de go en s'efforçant de délivrer son frère... Ils étaient frères, c'était l'évidence même... Mais alors comment expliquer qu'ils puissent être aussi différents? Mon regard voltigeait de l'un à l'autre sans trouver de réponse...

Colibri rayonnait d'un éclat végétal. Il n'avait pas de huppe et arborait en guise de bec une longue aiguille courbée. Le Foufou était bien plus minuscule, ses éclats variaient sans cesse, et il exhibait (au-dessus d'un bec plus court) un pompon avorté qui lui donnait l'allure d'un roi de poulailler. Les éclats de Colibri étaient constants; ceux du Foufou se renouvelaient à tout moment. Son vol était étonnant et prévisible, surtout conforme à ce que pouvaient faire ces choses; celui du Foufou allait dans tous les sens, dans la lenteur ou dans la fulgurance, dans le grotesque ou la virtuosité. Colibri m'apparaissait ciselé de vigilance et de sérieux; le Foufou me donnait l'impression d'un voyou qui n'utilisait son vol que dans la légèreté et le désœuvrement, sans effort apparent et dans une insouciance. Il rayonnait tout entier d'une joie diffuse qui n'avait d'autre raison qu'elle-même et qui conférait à ses comportements une inexplicable élégance... Ils étaient proches et divergents, semblables et opposés. C'était peut-être cette dissemblance dans la proximité que Colibri détestait chez le Foufou, chez son frère, son plus proche. Mais je trouvais inconfortable d'admettre qu'une simple différence, même profonde, suffît à entretenir chez Colibri une telle intensité de haine et de rejet. Il y avait une autre raison que je n'allais pas tarder à découvrir…

LE MONSTRE — Au lent fil des saisons, je finis par comprendre que la singularité du Foufou provenait d'une composante plus essentielle. Quand j'exerçais sur lui mon Alaya, je percevais l'écho d'une… imprécision. Toutes les existences chaudes ont leur Alaya, leur démone de singularité. Chaque Alaya se présente lisse, ferme, distincte, et féroce. Maintenant, je percevais assez nettement celle de Colibri : il lui obéissait d'une manière exacte. Mais pour le Foufou… *Hinnk*… je sombrais dans l'incompréhension… Son Alaya était incertaine, bifide, trouble, même discordante. Elle m'apparaissait composée de plusieurs courants d'exigences qui se tressaient, s'éloignaient pour se rejoindre dans une sorte de mélange dissocié ou d'impureté instable, comme à la confluence de multiples mémoires ou de nombreuses lignées.
Comment était-ce possible ?
Si leur Donneuse était unique — et ne pouvait que l'être —, restait la possibilité qu'en ce qui concernait le Foufou, le Donneur fût multiple, d'une espèce ou de plusieurs…
Impensable !…
Le monde est organisé. Le vivant a son ordre. Il ne confusionne pas. Il ne bouleverse que pour organiser. Il possède ses démences et ses furies mais il régente un ordre entre les Alaya qui se mélangent et celles qui restent distinctes d'une sorte indéfectible. J'avais beau scruter la réalité

de cette chose qui voletait devant moi, tenter de l'inscrire dans un cadre acceptable, je ne pouvais qu'échouer sur la même conclusion : le Foufou était une jonction discordante. *Il avait eu plusieurs Donneurs.* Son Alaya n'était pas une démone de singularité : c'était une intempérie. Une turbulence profane dont l'origine était éclatée, qui ne se déployait dans aucune direction et ne pouvait rien orienter.
C'était un monstre.

À y réfléchir aujourd'hui, je me dis que c'est peut-être précisément ce qui dérangeait son frère Colibri : cette monstruosité si proche de lui, et qui, par sa proximité même, menaçait, plus que toute autre aberration, son indéniable perfection. La proximité rend plus menaçante la différence : elle ouvre presque un abîme à l'aplomb de soi-même. Je comprenais donc son hostilité, je l'éprouvais, je l'approuvais… et pourtant elle ne me rendait pas Colibri sympathique. Il était gracieux et parfait dans ce qu'il était, alors que le Foufou était… inattendu, c'est-à-dire *d'une grâce inconnue et d'une perfection inconvenable.*
Hinnk !
J'associais des mots qui, dans cette association même, perdaient toute signification. *Comment une grâce pourrait-elle se percevoir en étant inconnue ? Et que serait une perfection qui n'aurait pas d'assise ou de cadre accepté ?…* Cela me tourmentait, et au creux même de ce tourment, je finis par mieux comprendre cette solitude qui escortait le Fou-

fou. Il ne l'avait pas décidée ; son appétit démesuré de vivre n'en était pas la cause déterminante ; c'était son être imprécis, et même imprédictible, qui l'isolait des autres. Sans sa Donneuse, et bien à cause de moi, il avait dû apprendre à survivre seul, sous la férule d'une Alaya informe, à côté de son frère qui le détestait et qui le repoussait. Un solitaire donc, comme moi-même ; mais si ma solitude relevait d'une éminence démesurée, la sienne ne provenait que d'une totale indistinction. Elle m'apparaissait comme un abîme qui aurait dû le rendre anxieux, or je le voyais tout simplement content.

La frénésie des fleurs – Je les observais depuis ma plate-forme, ou je descendais sur des branches de poirier pour les suivre de plus près, ou alors je m'immobilisais dans l'ombre des broussailles à hauteur de leurs vols au-dessus des têtes ardentes. Je pus ainsi déterminer une charpente de leur quotidien, jusqu'à atteindre un comble de la consternation : l'essentiel de leur existence était balisé par des fleurs !... *Des fleurs !...* Que pouvait-il exister de plus inutile et de plus absurde ! ?...

Colibri naviguait sur un océan de fleurs en compagnie de milliers d'insectes et de misérables créatures volantes qui s'imaginaient être des oiseaux. À le voir y jouer de la tête et du bec, je compris à force qu'il y buvait quelque cochonnerie. Quand la fleur ne disposait pas d'une provende à aspirer, ou ne s'accordait pas à la courbe de son bec, Colibri la fréquentait pour les grouillances mineures qui y serraient leurs vies et constituaient ainsi une impensable nourriture. Moi qui n'appréciais que l'explosion d'un caillot de sang, cette manière de se nourrir me paraissait abjecte. Puis je me convainquis du contraire...

Hinnk...

Elle était leste, délicate, précise ; et Colibri, bien que vorace, ne paraissait jamais lourd ou fourbu. Au bout d'une engouée de festins, il demeurait toujours telle une épure très vive. Un éclat. Me risquant à soutenir une orgueilleuse comparaison, je ne tardai pas à me sentir pesant, épais, encrassé... avec peut-être le sentiment absurde que j'étais sommaire et brutal.

Moi... sommaire et brutal !

Et ce n'est pas Colibri qui me l'inspirait de la manière la plus aiguë, mais le Foufou qui n'en finissait pas de voleter autour d'une fleur, puis d'une autre, puis revenait à la même dans une application clownesque semblable à celle de Colibri. En revanche, quand il y fourrait son bec, je n'avais pas le sentiment qu'il essayait de se nourrir mais plutôt qu'il *s'efforçait d'entrer en contact avec ces mièvreries.* De plus, il ne se contentait pas des fleurs dont raffolaient les choses de son espèce mais il brouillait la logique de ses choix en imitant des créatures très différentes de lui : sucriers ababas, mouches bébêtes, guêpes idiotes, libellules et papillons débiles, toutes bestioles mal dégrossies qui fréquentaient toutes qualités de fleurs et menaient avec elles de mystérieux commerces. Le Foufou choisissait une de ces bestioles et la suivait dans des fleurs que Colibri ne considérait jamais. Il s'y attardait même quand leurs corolles se révélaient mal commodes pour son bec. Quand elles s'ouvraient immenses, il n'hésitait pas à y plonger tout entier à la manière des scarabées. Quand elles se tenaient closes, il les perçait sur le côté pour leur toucher le cœur et découvrir ainsi un piteux amusement. Parfois, il profitait des trous déjà ouverts par quelque insecte sinistre, et y fourrait son bec avec l'air d'y trouver un plaisir d'imbécile que tous ses congénères lui laissaient volontiers.

Colibri n'était pas le seul à demeurer interloqué devant un tel concert de dissonances. Je l'étais tout autant, car que vaut une vie qui s'oublie pour en singer une autre ? Et, à considérer que l'imitation recèlerait quelque vertu, que vaut-elle en finale si la chose imitée tient de ces sous-existences chitineuses que des fleurs obsèdent ?... Quant aux merles, tourterelles, cicis, ou pluviers de passage, ils repoussaient le Foufou avec autant d'effroi que d'agacement, quand il se rapprochait d'eux, ou pire quand il entreprenait d'imiter leurs manières... L'idée qu'il s'éloigne de sa propre nature pour s'inspirer de la leur relevait à leurs yeux (comme aux miens effarés) d'une parfaite ignominie.

Une ritournelle — À force d'être minables, et surtout inutiles, les frasques du Foufou écœuraient Colibri et m'infligeaient des traînées de vertiges. À chaque éveil, il s'élevait haut pour saluer l'éclat fixe. Il volait pour voler. Il errait pour errer. Il criait pour crier. Il imitait pour imiter… Tous se posaient rarement, lui se posait tout le temps. Et pour quoi faire ? Pour examiner la plus niaise des feuilles ou percer la navrante devinette d'une ombre de bambou. Tous recherchaient l'eau pour se fraîchir les plumes, lui allait aux flaques d'eau juste pour… rencontrer l'eau. Quand surgissait la pluie, tout ce qui vole allait se réfugier sous l'auvent des fougères, moi le premier, Colibri tout autant, mais le Foufou en profitait pour mener bacchanale dans les embruns et dans les gouttes. Il se gargarisait au vol dans les rideaux de cascades, se grisait le bec dans l'allant des rivières, s'effrayait les ailes dans la gueule des sources, se posait n'importe où pour loucher sur le suint d'un roseau ou sur une larme de sève… Et quand c'était possible, il s'ébattait dans ces chiquetailles de pluie que conservent les feuilles de la dachine.

Hinnk! À quoi peut bien servir de saluer la lumière ! ?…

Cela m'arrangea de le croire fou. Mais les sentences de ce genre ne faisaient que faussement m'apaiser : elles constituèrent des verrous qui n'enfermaient que mon jugement, et laissaient le Foufou intact dans une liberté renforcée sous mes yeux. L'indifférence ou le mépris n'affectait que moi-même. Alors, je décidai d'être aussi libre que lui dans ma manière de l'observer. Je m'obligeais à suspendre mes sentences, à ne pas courir aux conclusions, à ne pas m'infliger ces colossales serrures... *Comme c'est difficile de seulement contempler!* Je m'efforçai ainsi sans pour autant comprendre ce qu'était le Foufou. La clé me fut donnée par le biais d'une enfant de Nocif.

C'était une fillette de Rabuchon.

Elle se rendait tous les matins à la fontaine pour remplir une bassine qu'elle ramenait en exploit sur sa tête. Ce faisant, aussi gaie que le Foufou, elle émettait de petits sons qui composaient non pas une chanson... mais, disons, une *ritournelle* : un tremblement de mélodie qui se formait sans aboutir. Elle provenait d'une pureté innocente comme seules peuvent l'exprimer les créatures très jeunes. Cette ritournelle s'éleva dans Rabuchon sans raison autre qu'une bassine d'eau en équilibre sur le sommet d'un petit crâne. Elle était cristalline, vaporeuse, labile. Elle venait à l'esprit sans lui imposer la moindre image mentale, et c'est l'esprit qui devait tendre vers elle pour confirmer son existence. Elle surprenait tous ceux dont elle touchait l'oreille, et les plongeait dans une perplexité identique à la mienne. Le vent et les vieux arbres, dans leurs frissons mutuels, semblaient y être sensibles.

Dans une association d'idées imprévisible (j'en étais victime de plus en plus souvent), je songeai au Foufou. Il fut d'ailleurs le premier à réagir.

Alors que nous tous demeurions interdits à l'écoute de cette angélique sonorité, il surgit et se mit à voleter au-dessus de la bassine, à en chatouiller l'eau, à en déprendre des gouttes qu'il explosait au vol de la pointe du bec. Et, dans des voltes auréolées de gouttelettes, il essayait de s'enrouler autour de la ritournelle comme s'il s'agissait d'une présence palpable. La fillette fut d'abord soucieuse de voir ce petit diable de lumière tournicoter au-dessus d'elle ; puis elle comprit qu'il jouait avec l'eau de la bassine au rythme de la ritournelle ; et il me semble (mais je me trompe sans doute car les Nocifs ne sont que des brutes) qu'elle s'en amusa vite et continua alors de gazouiller pour lui.

Lorsque l'enfant entra dans son refuge, et qu'elle se tut, la ritournelle s'étendit encore dans toutes les directions, mais sa source s'était réfugiée dans… le Foufou. Rien qu'avec son petit corps et son vol de dément, il parvenait à la faire vivre dans le silence. Je croyais l'entendre alors qu'il n'y avait plus que le bruit du feuillage sous le vent froid de Rabuchon.
Ce n'était pas croyable…
C'était… le Foufou.
Je formulai alors ce qu'il ne m'était pas possible d'expliquer et qui ne me le sera jamais : le Foufou vivait… *Hinnk*… comme une ritournelle. Avec l'innocence, la fraîcheur, la légèreté que cela suppose, toute la promesse de cris, de chants et de musiques que cela inaugure dans la simplicité… Il était libre au-delà de tout ce que les colibris

étaient capables d'imaginer : c'était cela sa démence et sa jubilation. *Hinnk.* C'était cela son scandale.

Le Moqueur – Ce scandale aurait pu se stabiliser là, mais ce qu'il y avait de plus sinistre débarqua dans Rabuchon : un simili d'oiseau, sans honneur, sans principe, dont la seule industrie était de se moquer de tout, à tous les vents et sans raison. Son irruption provoqua un branle-bas général. Rabuchon résonna des bruits de toutes les existences volantes qui protégeaient des territoires. Colibri le premier poussa son chant de protection. Je dis « chant » mais c'était plutôt une succession de cris dont la fréquence rapide s'organisait en une mélodie maigre. Il se déplaça telle une foudre pour marquer les limites de son espace vital. Sa menace sonore couvrit la zone à protéger. Il se rapprocha de l'intrus en émettant son chant avec un plus d'intensité. Comme cela ne suffisait pas à effrayer l'envahisseur, il s'en rapprocha encore et entama un autre cri-roulé qui devait être son chanté de combat. Puis il fondit sur l'indésirable à belle volée de coups de bec, d'ailes, et de cris aigus. Mais l'importun se contenta de l'éviter, de se glisser dans des feuillages, d'en ressortir à l'autre bout, de revenir sans cesse. Quand Colibri devint trop dangereux, l'envahisseur répliqua par une série de chants qui tétanisa les existences. L'un de ces chants me fit dresser les ailes et convulser des serres. L'intrus poursuivit ainsi à travers Rabuchon, en poussant des modulations sonores qui semblaient relever de prédateurs divers. Chacun croyait entendre quelque chose qu'il craignait. Moi-même, je frémissais d'alerte et cherchais dans le ciel un quelconque rapace ou un aigle royal. Mais il n'y avait rien, sinon cette bête infernale qui sortait de sa gorge toutes qualités de sons capables de déclencher au profond de chacun paniques, colères, angoisses, dévouées à la survie.

Profitant de la déroute, l'importun s'installa dans un manguier. De temps en temps, il balançait une série de chants de possession qui tenaient tout le monde à distance. Dans le lot, il y avait toujours une modulation sonore qui forçait tel ou tel à la fuite, au silence ou à l'écoute subite. Colibri lui avait donné l'assaut à une ou deux reprises mais il avait dû à chaque fois se rabattre, vaincu par un cri ou un chant qui lui désorganisait le mouvement de ses ailes. On aurait juré que tous les volatiles du monde, tous les prédateurs — chanteurs, caqueteurs, siffleurs, crieurs et roucouleurs — s'étaient réfugiés dans l'ombre de ce manguier et qu'ils passaient leur temps à ensorceler ou menacer tout le monde. La confusion fut générale. On entendait ceci, on entendait cela. On entendait celui-ci. On entendait celui-là. On s'entendait s'appeler soi-même. On sursautait sous la roucoulade d'une femelle aimée. Plus d'un s'enfuyait en croyant percevoir le cri d'approche de son pire ennemi… Ces chants étaient puissants. Chacun d'eux conférait à l'envahisseur une somme ahurissante d'âges, d'expériences, de forces, qui dépassaient de loin ce que l'on voyait de lui.

Ces vibrations sonores en faisaient un géant multiforme dont les transformations étaient si vives et contiguës qu'on pensait avoir affaire à une peuplade entière. Cela faisait frissonner mon Alaya et m'obligeait à craqueter du bec comme au-devant d'un maléfice. Je finis par comprendre que ce misérable envahisseur était capable d'imiter toutes qualités d'oiseaux, rencontrés au fil pervers de ses vagabondages. C'était un Moqueur, une calamité pourtant assez rare par ici.

Mais alors que tout le monde en restait tétanisé, le Foufou, lui, semblait ne même pas les entendre. Lors de l'irruption du Moqueur, il avait été le seul à ne pas criailler. J'avais déjà noté son aptitude à demeurer très longtemps silencieux. Je ne sais par quel profond mystère, le Foufou ne proférait des cris que lorsqu'il l'avait décidé, et il le faisait sans logique, n'importe où, n'importe quand. Ses signes sonores ne relevaient d'aucune alerte, aucune peur, pièce colère, ils ne tentaient pas la moindre séduction et ne défendaient rien. Cette aptitude au silence m'avait paru de prime abord bénigne. Mais, lors d'un temps de lumière, j'avais cru surprendre une ombre de rapace survoler mon domaine. Mes ailes s'étaient déclenchées. Je m'étais envolé dans un élan possessif et furieux. Ma poitrine avait résonné d'un cri de mise en garde destiné à l'intrus. Alors même que je ne voyais rien, je m'étais retrouvé à sillonner mon ciel en poussant mes cris de protection à tous les quatre vents. Il m'avait fallu presque une lumière entière pour retrouver mon calme et faire taire mon poitrail. J'en avais été atterré : il n'était pas si simple de rester silencieux à l'instar du Foufou. Sous l'injonction de l'Alaya les cris pouvaient me chevaucher comme une vulgaire monture.

L'irruption du monstre polyglotte n'avait rien changé aux habitudes du Foufou. Il n'en montra nul souci, à croire qu'il n'avait rien à défendre : tout en lui semblait dire qu'il n'était propriétaire de rien, et même gardien de rien. Il se faisait chasser de partout car partout s'érigeait un domaine réservé. Lui ne chassait personne de nulle part. J'avais beau me dire que c'était impensable, je dus me rendre à l'évidence quand je le vis demeurer si tranquille en face de l'intrusion : *il existait sans territoire.* Quand il traversait celui de Colibri, ce dernier entrait dans une fureur d'orage et se mettait à le poursuivre. Le Foufou l'épuisait par mille voltes grotesques et continuait l'errance comme si de rien n'était. Quelques instants plus tard, il retraversait au même endroit et déclenchait la même fureur. Tous les peuples ailés de Rabuchon passaient l'essentiel de leur temps à lui courir derrière car tous se déclaraient propriétaires d'une part de la terre, de l'air ou de la lumière. Ils le traquaient en vain : le Foufou était habile, rapide, toujours imprévisible. Certains avaient fini par en être lassés. Ils ne réagissaient plus quand il violait leur possession avec sa drôle d'allure. Comme s'ils avaient compris, au long fil des saisons, que cette ritournelle vivante voulait juste de l'espace et du temps pour ses errances bizarres et ses contemplations. Seul Colibri était resté haineux sur cette question du territoire.

Planqué dans le manguier, le monstre polyglotte concentrait dans sa triste aptitude toutes les faussetés possibles. Souvent, il s'amusait à miauler comme un chat, à reprendre l'aboiement du chien-fer, à meugler telle une vache en gésine... Pour moi, ce n'était qu'un lamentable caméléon, sans un début de singularité, une calamité franche que, passé l'effroi, tout un chacun vouait aux chiens et aux diablesses. Ses hystéries sonores agissaient avec tant de violence que nul n'osait s'en approcher. Le Foufou se mit pourtant à rôder autour de ce manguier maudit. Les frappes acoustiques du Moqueur pénétraient sans doute au plus profond de lui. Mais il avait trouvé moyen d'en réduire les effets. Dans les premiers temps, je le vis répondre aux chants de l'importun en incurvant d'un seul coup son approche. Puis je constatai que chaque chant le faisait ralentir, et parfois se poser. Une fois, après un chant terrible qu'il reçut comme un choc, le Foufou rejoignit une brindille de citronnier et demeura prostré. À chaque chant de grande force, il se réfugiait dans ces arrêts subits, demeurait concentré, bizarre, surtout très attentif. Il me fallut bien calculer pour deviner ce qu'il était en train de faire : il prenait le temps d'écouter les inflexions qui avaient pu l'atteindre. Et tandis que le Moqueur s'égosillait sur toute l'étendue de ses chants apocryphes, lui en écoutait les thèmes, les fréquences, les motifs, et les réécoutait. Il soupesait sans doute leurs effets sur ses muscles et sur son entendement. Puis il s'envolait d'un coup, comme victime d'une débâcle, laissant le caméléon du manguier proclamer sa victoire. Alors, se produisait le plus extraordinaire…

Le Foufou réapparaissait au-dessus du manguier qu'il venait de quitter. Le Moqueur lui projetait de nouveau le chant qui l'avait affecté. Cette fois, le Foufou poursuivait son approche sans tressaillir et sans déviation. Très vite, même la plus insoutenable camelote du misérable ne put lui imposer une quelconque limite. Il prenait le temps de se poser sur une grappe de mangues, et restait comme cela, désœuvré, tête en l'air. Le Moqueur lui balançait tout un vrac de trilles, pour la plupart incompréhensibles mais dont chacun captait la charge dévastatrice. Néanmoins, le Foufou se passionnait pour chacune des extravagances que s'amusait à produire le Moqueur, que cela ait du sens ou non, que cela lui soit utile ou non. Et très vite, il se mit à imiter le monstre imitateur, à reproduire ses sons bâtards, ses cris sans vérité, ses chants de seconde main, à relayer dans Rabuchon cette cacophonie railleuse dont l'unique finalité était de tracasser tout le monde. Cela dura je ne sais combien d'interminables saisons, jusqu'à ce que le Moqueur s'emmerde, s'en lasse, s'en aille aux vents mauvais.

Plaisir — Le Foufou avait tiré pourtant profit

de sa présence. Des millions de fois, sur trois lumières de suite, il pouvait répéter une vocalise que le Moqueur lui avait révélée. Durant les mauvais temps, alors que le Moqueur lui-même se taisait et que les vrais chanteurs amoindrissaient leurs chants, le Foufou précipitait ses vocalises contre les bourrasques. Quand la saleté polyglotte déserta Rabuchon, le Foufou était devenu capable de déployer n'importe quel agencement sonore d'une sorte singulière et bizarre. La seule explication fut d'admettre l'incroyable : il avait appris à faire vibrer je ne sais quoi au bout de sa trachée, à hauteur de ses bronches, et à en sortir deux ou trois cris, étendus jusqu'à constituer des sortes de vocalises. Moi qui ne disposais que du cri, je dus me résoudre à voir, au fil des saisons, cette chose relier des vocalises entre elles, composer des ensembles… jusqu'à ce moment étonnant où *hinnk!* je l'entendis pousser un chant à nul autre pareil. Une modulation d'aucun genre, d'aucune espèce, d'aucun ordre, qui ne s'inscrivait dans aucune des utilités coutumières. Aucune espèce volante ne réagit aux éclats de ce chant. Il n'entrait dans aucune catégorie d'alarme ou de séduction. Il leur demeurait de ce fait inaudible. Cela sembla ravir le Foufou qui redoubla son ardeur chansonnière.

Pour moi qui lui ouvrais mon ouïe, ce chant fut un étourdissement. Il commençait par une tresse de notes hésitantes, se déployait sur deux ou trois motifs pour, de degré en degré, ouvrir comme une phrase, puis une séquence, enfin une constellation de petites notes rapides à peine distinctes. Tout cela retombait très vite, me laissant hébété dans un silence devenu rêche. Il y avait sans doute plus de nuances que ce qu'il m'était possible de percevoir mais je ne pouvais que les imaginer. Cela me fit d'abord un choc désagréable. Je voulus me persuader qu'il s'agissait de vrilles harmoniques loufoques, jusqu'à ce que je m'aperçoive que ce chant m'emportait l'esprit dans de douces chimères et des songes sans limites.

Je croyais être le seul à percevoir le phénomène mais je dus constater le contraire. Certains volatiles de passage à Rabuchon — ceux dont le chant ouvrait une onde de majesté — se montrèrent impressionnés par les combinaisons acoustiques du Foufou. Ce n'était pourtant rien d'identifiable. Leurs motifs, dans leur ensemble ou un à un, ne transmettaient aucune signification. Mais j'entendis le Foufou les moduler durant des saisons pleines de la punaise patate. Comme s'il tentait de les sculpter sans fin, jusqu'à en faire la brique d'un langage sans lieu et sans écoute. C'est pourquoi ses chants devinrent étranges aux rares existences qui s'y étaient intéressées. Ils évoluaient si vite que même les grands curieux ne pouvaient plus les percevoir. Dans leurs plus extrêmes évolutions, ils faisaient sursauter la plupart des Nocifs (*ces infâmes !*) qui — tout comme moi — se mettaient à chercher l'obscure présence qui les aurait apostrophés.

C'est peut-être là que je commençai à moduler des sons dans mon gosier, à les travailler sans trop savoir vers quoi, à les entendre vibrer dans mon poitrail et provoquer en moi des frissonnements nouveaux. Je m'avançais ainsi vers de neuves aptitudes qui par la suite allaient m'être précieuses; mais pour l'instant elles ne m'étaient d'aucune utilité : je restais voué à ma concentration sur cette ritournelle vivante qui n'en finissait pas d'évoluer sous mes yeux effarés.

Agacé comme bien d'autres, Colibri s'égosillait en vain pour couvrir les vocalises du Foufou. Mais ce dernier, sans lui accorder le moindre regard, n'avait maintenant qu'une préoccupation : claqueter de la langue, faire résonner du bec des ventres de bambous, vibrer des ailes dans des coulis de vent ou frétiller de la queue sous l'eau d'une cascade… Oublieux des joliesses, il plongeait dans ces débauches sonores d'où pouvait s'élever une brusque mélodie qu'il imitait ensuite longtemps, jusqu'à la prochaine explosion, le subit déraillement.

D'évidence, il avait enregistré tous les chants de territoire, de combat ou de séduction qui se trouvaient à Rabuchon. En face de n'importe quel volatile qui essayait de lui barrer la route, il se mit bientôt à alterner des sons aigus et des sons graves, à les souder ensemble d'une sorte tellement singulière qu'il parvenait à déclencher des réactions de fuite, de respect ou de crainte. Il utilisait une séquence sonore qui d'apparence ne changeait pas dans son ensemble. Mais en fonction de l'adversaire, il réagençait les thèmes et les motifs, les transformait dans un faisceau de nuances et de subtilités à moitié perceptibles. Ses vocalises couvraient un spectre si large que l'entendement de son agresseur, quel que fût son ordre, son genre ou son espèce, se retrouvait précipité dans une confusion. Colibri fut le premier à en subir les foudres. Alors qu'il se jetait vers lui comme à l'accoutumée pour lui barrer la route, le Foufou lui projeta une stridulation qui le tétanisa. Colibri virevolta tant bien que mal et fut forcé de se rabattre sur un perchoir improvisé. Quand il repartit à l'assaut de son détestable frère, une nouvelle stridulation lui emmêla les ailes : il en sortit indemne grâce à une feuille de balisier qui amortit sa chute avant de lui offrir une assise pour l'envol.

Cette capacité de riposte diverselle fut connue jusque dans les arrières de Rabuchon. Le Foufou bénéficia alors d'une relative tranquillité, d'autant qu'il fut très vite assez limpide pour tous qu'il n'y avait pas une once de méchanceté dans cette créature-là. Moi, j'étais obsédé par ce potentiel de puissance, et, pourquoi ne pas le dire, par ce tant de merveille. Avec une telle ressource en chants, il aurait pu obtenir le plus vaste, le plus beau, le plus riche de tous les territoires, dominer toutes les espèces qui volent, toutes qualités de porteuses d'œufs, peupler Rabuchon tout entier et terrasser le plus grand nombre…

Et lui qu'en faisait il ?
Rien.
Que l'ornement d'une jubilation solitaire.
Alors, je dus admettre cette idée effrayante : le Foufou chantait pour son plaisir. Un contentement qui lui gonflait les plumes, tel celui que j'éprouvais sous le craquement d'un os ou la giclée d'un sang.

Comparaisons – Je n'en finissais pas de le guetter, de planer autour de lui, de me poser pour scruter ses gestes et ses errances. Mais le plus consternant, c'est ceci : alors que mes déplacements provoquaient des émois, que ma silhouette focalisait tous les regards de Rabuchon, le seul à ne pas s'émouvoir de mes rondes, mes poses ou mes approches, était le Foufou. Je dus envisager cette idée impensable : *il ne s'intéressait pas à moi.*

Il faut dire que je n'étais pas de ceux qui l'assaillaient ou qui tentaient de lui mettre des limites. Je me contentais d'essayer de le comprendre ; mais il avait en permanence le poids de mon regard sur son petit corps, et je sais d'expérience qu'un tel regard est comme une charge : qu'il pèse, qu'il alerte l'Alaya de celui qui s'en retrouve la cible. Tous ceux que je regarde se trémoussent à un moment donné, inquiets, gênés, ils recherchent autour d'eux et finissent par me localiser en tremblotant d'effroi. Le Foufou, lui, de tous temps m'ignora. Mon regard semblait lui glisser sur les plumes. Et lorsque l'ombre de mes ailes lui barrait le soleil, jamais il n'esquissa vers ma lente majesté le moindre frémissement.

Mon esprit fiévreux me jouait de vilains tours. Durant des pertes de vigilance, je me surprenais à les comparer à ma propre perfection. Colibri demeurait surprenant; mais le Foufou me renvoyait à bien des désespoirs. D'abord leur bec : ces aiguilles tellement ridicules en face du croc redoutable dont je disposais. Elles me paraissaient pitoyables jusqu'à ce que j'observe plus librement l'usage qu'ils en faisaient... *Hinnk!*... Il est difficile de ne plus se mentir à soi-même. Il me fallut apprendre à formuler ce qui me devenait de plus en plus évident à mesure de mes contemplations. Il y avait là, dans le long bec de Colibri, dans la petite pointe fine du Foufou, comme... *un instrument d'exactitude et de minutie formidables.* Là où je devais broyer, ce machin saisissait. Là où j'écrasais, il terrassait avec une précision suprême je ne sais quelles infimes existences réfugiées dans les fleurs. Là où je happais, défonçais, arrachais à déchirures sanglantes, il frappait pile... Mais ce n'était pas tout...

Cette netteté résolue qui leur servait de bec était le fourreau d'une langue effrayante dont j'avais déjà eu l'inquiète révélation. Puissante, interminable, elle avait dû être distraite de l'engeance des reptiles lors d'une division inavouable du vivant. Cela entrait et sortait de leur bec à une vitesse indescriptible et ramenait, sans aucun doute, une quantité impressionnante de ce qui était si bien foudroyé, aspiré, épuisé... Aucune des existences réfugiées dans ces fleurs ne pouvait échapper à cette fatalité.

Le Foufou, lui, semblait mieux apprécier le mouvement vers la plante que son utilité même. La plongée du bec dans le secret des fleurs, les écarts subits et les reprises acrobatiques lui causaient plus de plaisir que la bectée d'une mangeaille. Et c'était là mon effarement : *manger était au centre de l'existence, et constituait le sens ultime de toutes mes perceptions, or je ne le sentais pas se nourrir!* Il se montrait d'une sobriété absurde. À croire qu'il n'avalait jamais rien, ou alors qu'il avalait rarement et sans voracité. Dépourvues de tout souci de nourriture, la plupart de ses actions restaient inachevées. Elles s'immobilisaient comme le ferait une image avant de se défaire pour tout recommencer d'une manière nouvelle, et toujours avec soin. Je voulus me convaincre qu'au moment où il s'élançait vers la fleur, il obéissait à une impulsion de son étrange Alaya mais qu'une fois au but, il parvenait souvent, dans une ultime seconde, à déprendre son geste de l'utilité primordiale. Durant son vol, il paraissait surtout s'examiner lui-même et s'ébaubir du moindre écart dans l'ordonnance souveraine où se tenait le reste de l'engeance.

POUSSIÈRES — J'avais beau m'attendre à tout d'un tel phénomène, il arrivait que ma vigilance fût prise en défaut. De le voir vibrionner parmi les fleurs idiotes avait fini par émousser mon attention. Je n'y trouvais plus le moindre étonnement pour mon esprit devenu assoiffé. C'est ainsi que je ne remarquai que tardivement un détail qui allait pourtant devenir essentiel.

Dans son bankoulélé avec les fleurs ardentes, le Foufou se retrouvait avec le corps couvert d'une poudre pâle, parfois intense, volatile toujours, imperceptible souvent. Je m'en rendis compte quand il se retrouva dans un fil de lumière, un peu à contre-éclat, et que je le vis soudain environné d'un nuage étincelant, dans lequel il se mit à battre des ailes comme pour en vivre la prompte dispersion. Je le vis alors revenir vers une fleur, y plonger, en sortir pour aller farfouiller de la tête dans une autre à côté, et cela de fleur en fleur, jusqu'à ce qu'il s'élève soudain et fasse exploser autour de son vol immobile un nouveau ramassis de poudre infime. Cette poussière l'incitait à démultiplier ses cabrioles dans le vent froid de Rabuchon, goûtant au plaisir insensé de l'éternuer à de multiples reprises puis de la voir disparaître dans sa propre finesse.
D'où provenait cette cendre ? Mystère.
Je caressai l'hypothèse que c'étaient ses plumes qui tombaient en poussière sous une mue monstrueuse. Puis je finis par admettre que c'étaient sans doute les fleurs qui le couvraient ainsi. Désormais attentif, je vérifiai que ces idiotes en couvraient ceux qui les visitaient, les colibris, mais les guêpes, abeilles, sucriers, toutes qualités d'existences volantes ou pas volantes. Tous se

retrouvaient à charroyer au vent cette poussière des fleurs.
Pour quoi ? Cela n'avait pas de sens.
Il devait s'agir d'une farce de bas étage, remontée des abysses de leur stupidité. Le Foufou était jusqu'à maintenant le seul à l'avoir remarqué. Et je fus, très longtemps après, le second.

C'est ainsi qu'au-delà de celle qui provenait des fleurs, je découvris que la poussière existait. Je la vis s'élever de la terre sèche, des écorces, des feuilles, des roches. L'air était peuplé de poussières errantes. Le moindre coulis d'air dispersait des millions de poussières différentes. Des poussières nichaient partout, peuplaient les gouttes d'eau, les sources et les rivières. La terre noire (et malement odorante) que les Nocifs labouraient pour planter leurs bananes était faite de poussières millénaires. J'en avais sur mes plumes, dans ma plate-forme, j'en recevais sur les pupilles lorsque je volais vite et qu'il fallait garder chaque paupière ouverte. Et, encore plus étonnant : je vis de petits cadavres de mangoustes écrasés sur l'asphalte des Nocifs, se dessécher de chaleur, puis s'élever… en poussières qui rejoignaient toutes les poussières du vent et celles que dispersaient les fleurs… Tout allait à poussières. Tout provenait de poussières.

Persécutions – Le moins capable de soupçonner la farce que lui jouaient les fleurs, était bien entendu Colibri. Il adorait être l'objet de l'attention générale et ne supportait pas que quiconque lui enlevât cette place. Quand le Foufou était d'humeur à vocalises, Colibri s'efforçait de couvrir les siennes avec ces petits cris-roulés qu'il croyait être des chants. Quand le Foufou s'exerçait au looping, à la marche en arrière ou à je ne sais quelles excentricités, Colibri sollicitait l'attention en voletant au-dessus de lui avec une grâce indéniable. Ce qui lui restait de disponibilité était consacré non seulement à pourchasser son frère, mais à exciter les colibris de Rabuchon, cousins, alliés, amis, contre son insouciance grotesque. Maintenant, il ne le pourchassait pas uniquement quand il violait son territoire, mais sitôt qu'il sillonnait le ciel de biais ou en travers. Il le traquait aussi quand les fleurs exhibaient leurs ardences et que tout un chacun trépignait autour d'elles. Je sentis plus d'une fois le frémissement de mes serres quand j'avais l'impression qu'il finirait par l'occire d'un coup de bec juste pour lui interdire l'abordage d'une corolle. Le Foufou était pourtant en mesure de le tétaniser avec ses chants étranges. Mais, si cette arme le protégeait de tous, il s'en servait selon une lubie dont nul n'avait le pronostic. Je finis par comprendre ce que cela signifiait : ne faisant que ce qu'il avait décidé de faire, rien ni personne n'était en mesure de lui imposer une quelconque attitude.

Dans cette croisade, Colibri remportait l'approbation et le soutien de tous. Mais je percevais bien que les petits peuples de Rabuchon cultivaient un dérobé-caché au fond de leur regard et de leur cœur. Un inavoué qui aboutissait à cette étonnante réalité, inexprimée mais évidente à ma patiente observation : tous admiraient autant qu'ils méprisaient ce qu'était le Foufou. Je me trouvais dans la même disposition mentale. J'admirais et méprisais ensemble ce que je percevais de lui. *Était-ce encore de l'admiration ? Que devient le mépris dans une telle alliance ?* Je l'acceptais et je le refusais. Je ne pouvais supporter l'idée que l'on puisse défaire ainsi l'ordonnance du monde. Pourtant, il y avait tant de vie dans sa manière d'être vivant sans la férule d'une Alaya, que c'en était admirable tout autant que troublant. Moi qui avais passé tant d'heures à ciseler le sens de ma vie, à l'élever, l'accomplir dans la juste perfection, moi qui comprenais si bien Colibri jusque dans ses limites, je voyais vivre ce Foufou avec une sérénité désarmante. Il se contentait de vivre tout simplement ; et de vivre ainsi, tout simplement, conférait à sa vie cette impalpable magnificence qui, hélas, allait engendrer son malheur…

Sentence – J'ignore encore comment les colibris sont organisés. Il me semblait à l'époque que ces insignifiances vivaient selon une logique tribale. Elles disposaient sinon d'un chef, plutôt d'une sorte de guide qui n'intervenait pas dans le quotidien mais qui, en cas de nécessité majeure, servait de référence ultime. Un guide de ce genre ne se montre pas, ne se voit pas, ne s'expose pas. Il reste en principe invisible aux yeux de ceux qui n'appartiennent pas à la communauté. Je parvins pourtant à découvrir ce guide grâce à Colibri. Ce dernier était tellement respectueux des manières qu'il les exprimait dans la rigueur et dans la perfection. Ce qu'il faisait témoignait de la loi qui s'imposait à tous. Ainsi, je le surpris en train de s'approcher d'un vieux colibri d'habitude immobile. Cet ancien volait peu, bougeait rarement. Il traversait Rabuchon dans une lente solitude : les autres colibris s'écartaient de son vol. Sitôt qu'il s'envolait, toute l'engeance se posait, le laissant sillonner les territoires pour mener à sa guise ses rares visites aux fleurs. J'avais eu conscience de cela sans y prêter attention. Ces détails se cristallisèrent soudain dans mon esprit. Colibri lui-même s'écartait à son approche, ne volait jamais en même temps que lui, ne reprenait l'envol que lorsqu'il s'était posé. Quand il l'approchait, c'était avec des simagrées qui devaient constituer un rituel de respect. J'examinai cet ancien. Il avait survécu à un nombre impressionnant de saisons. Impossible de dire à quoi il ressemblait. Je percevais juste son Alaya — rabougrie par rapport à la mienne, mais pleine d'une indéfinissable rugosité. L'Ancien était une Alaya minuscule et abrupte.

Doncques, au moment des frasques de son frère, Colibri rejoignait ce dérisoire vénérable et commençait à vibrionner en petits cris, en signes et en mouvements, qui témoignaient d'une vive indignation. L'Ancien levait alors le bec en direction du Foufou, l'observait longtemps derrière ses pupilles troubles, mais restait impassible devant des agissements où il ne devait rien pouvoir lire d'intelligible. Les requêtes que lui adressait Colibri demeuraient lettre morte. Ce dernier en éprouvait une exaspération et, plus d'une fois, je le vis s'en aller dans des froufrous aigris, avec le sentiment qu'il attendait son heure.

Mais, lors d'une lumière nouvelle (le Foufou menant ses cabrioles au-dessus de Rabuchon), je vis Colibri s'agiter auprès du guide d'une sorte inhabituelle. Il gazouillait une histoire qu'il me fut facile de reconnaître car il n'en finissait pas de nous désigner, le Foufou et moi, de la tête et du bec. Il ne pouvait s'agir que de cette fameuse rencontre sur ma plate-forme, durant laquelle j'avais gobé cette petite chose pour le moins agaçante. Colibri accusa le Foufou d'avoir été à l'origine de la mort de leur Donneuse commune quand elle s'était portée à son secours. Il prétendit qu'elle serait encore vivante s'il n'avait pas été aussi inconséquent. Il lui expliqua — comme il avait déjà dû le faire mille et trente-douze fois — que le comportement débraillé du Foufou mettait en danger toute leur communauté. Je n'ai pas la certitude que Colibri ait effectivement dit tout cela. Peut-être avais-je seulement interprété ses vives indignations. Quoi qu'il en soit ce devait être quelque chose d'approchant. Et si ce n'était pas l'exacte vérité cela n'aurait aucune importance : les histoires ne servent qu'à habiller l'indéchiffrable du monde.

En tout cas, vrai ou pas, je vis l'Ancien lancer un cri, le seul que jamais je l'entendis pousser — comme une sentence. Et je vis Colibri s'élancer, environné des plus vaillants de ces oiseaux-moustiques. Tous foncèrent en escadrille contre le pauvre Foufou et le poursuivirent jusqu'aux confins des grands Pitons. Le Foufou n'utilisa aucune vocalise de défense. Il ne fit que s'enfuir. Comme toujours, il tenta à plusieurs reprises de revenir au centre de Rabuchon, mais à chaque fois cette nuée impitoyable l'environna pour le renvoyer à tous les diables et lui intimer de prendre la mer pour grand chemin.

DÉSOLATION – Il se retrouva exilé dans un côté extrême : une pente de pierrailles, couverte de poussière triste, avec quelques raziés étiques dessous des feuilles étroites et des fleurs chiffonnées. Une désolation cahoteuse prise dans la luxuriance de Rabuchon comme un début de lèpre. Ainsi, le Foufou se retrouva malgré lui propriétaire d'une annexe de l'enfer et la vie lui devint infernale. Le plus révoltant, c'est qu'il acceptait cette persécution sans amertume visible. Sous la conduite de Colibri, les oiseaux-moustiques opéraient des descentes sur son coin désolé et y semaient une panique. Le Foufou quittait les lieux et demeurait serré je ne sais où, le temps que ces furies se lassent et s'en retournent à leurs tâches coutumières. Tout accès à quoi que ce soit lui était interdit. Il était assigné à sa rocaille lépreuse. Comme dans une contagion, il devint le chien-à-lapider de tous. Pas seulement de ces saletés d'oiseaux-moustiques, mais de sucriers, de grives, de merles, de chattes — toute une racaille rabuchonnaise contente de se trouver un plus doux, un plus faible, une victime au piquet.

Il vivait sous une traque constante. S'il continuait à mener cabrioles ou à terboliser les vieilles araignées, il ne pouvait plus se départir d'une vigilance aiguë. Il devait être au vif, électrique et fiévreux, tout prêt à disparaître au moindre bougé d'une escadrille hargneuse. Il buvait et mangeait encore bien moins qu'auparavant. Il avait de ce fait diminué de volume au point de ressembler à quelques-unes de ses amies abeilles. De le voir aux abois, s'enfuyant sans arrêt, sans une quelconque indignation, me donna le sentiment qu'il devenait froussard. J'étais triste pour lui, et en même temps heureux de constater que ce n'était qu'un pleutre inapte à se défendre. En face d'une telle adversité, moi je les aurais tous terrassés. Et si cela ne m'avait pas été possible, je me serais détruit en leur portant atteinte. Ce qu'il était, et qui me fascinait, atteignait quelque beauté surprenante, mais ne constituait en finale qu'une impasse. Rassuré sur ma prééminence, je le voyais désormais autrement. Pourtant, je ne parvenais pas à distraire mon regard de son être. J'éprouvais la sensation de m'être une fois encore empressé de conclure.

Sans me l'avouer, je continuais à l'observer dans l'attente de ce qui n'allait pas tarder à me griller l'esprit…

INTENSITÉS – La première évidence fut que le Foufou ne perdait pas une maille de sa gaieté. Il demeurait joyeux de vivre dans ce qui me semblait être une frousse continuelle. Cela m'alerta sur sa santé mentale. Ce n'était donc qu'un dément, naufragé loin des réalités! Mais cette impression fut bien vite balayée par ce qui se passait sous mes yeux. Acculé dans sa rocaille, parmi de vieilles chattes, deux-trois mangoustes pouilleuses et quelques autres bestioles plus ou moins maladives, il effectuait ce qu'il avait toujours fait : le contact, la curiosité infinie, la joie d'observer, le feu de découvrir… Il se prit d'intérêt pour cette désolation. Il l'explora de fond en comble, sautant de caillou en caillou, fouaillant du bec les ombres, poursuivant de sa curiosité de convulsives chenilles, des mabouyas livides, araignées maigres et fourmis folles, toute une peuplade de désarrois en butte à cette misère. Dans cette ruine, il trouvait de quoi vivre à une intensité d'autant plus hors mesure qu'elle pulsait sans limites de son corps minuscule.

L'autre signe fut que le Foufou explorait sa désolation avec un naturel plein d'innocence comme s'il gardait en lui la faculté, non de faire ce qu'il aimait mais d'aimer ce qu'il faisait. Je finis par comprendre : ce n'était pas l'exploration de cet enfer qui était important — il n'y avait pas là de quoi se passionner —, c'était *la mise en œuvre de cette exploration même.* C'était l'aigu de sa concentration. Sa capacité à rester immobile pour s'imprégner de la réalité d'une roche, de l'incompréhensible d'une fourmi sans cervelle. C'était son aptitude à revenir mille fois sur ce qu'il avait déjà visité ou observé, comme si chacun de ses passages ouvrait, dedans ces indigences, une autre dimension. Il s'oubliait dans ce qu'il faisait, jusqu'à se propulser hors de ce temps, de cet espace, et peut-être en dehors de lui-même. Et je découvris cet étrange paradoxe : tandis que lui vivait sans limite apparente, les oiseaux-moustiques (qui le gardaient à vue) restaient emprisonnés dans leur propre gardiennage.

Le plus étonnant c'est que dans cette application invisible et constante, il s'accordait toujours des instants de plaisir, sans but ni objectif, et à chaque fois, entre ces points de détente, il se consacrait à quelque chose de vraiment difficile. C'est ainsi que je le vis, entre deux-trois cabrioles, se poser sur la tête d'une névrotique mangouste, et prendre l'envol juste avant que cette ravageuse ne tente de lui planter un de ses crocs fulgurants.

CARREFOUR – Durant la saison des amours, son pauvre côté se voyait déserté des femelles. Elles s'agglutinaient autour de Colibri, ou investissaient les riches domaines des beaux crieurs-chanteurs. Ces derniers vivaient au milieu d'un

chatoiement de fleurs, de formes et de brillances qui enivraient les sens. Les femelles y combinaient leurs nids sans se soucier d'être les seules élues. Pas une ne semblait remarquer l'existence du Foufou dans son coin désolé. Lui, à croire qu'il n'avait pas atteint de pleine maturité, ne s'intéressait à elles que pour mener d'inédits solibos, les connaître peut-être, surtout jouer avec elles. D'ailleurs, il jouait avec tous ceux qui s'égaraient dans son coin désolé, ou qui s'y rendaient par simple curiosité. C'était devenu son « territoire », mais il le laissait ouvert, et à ses persécuteurs, et aux errants de toutes plumes et de tous acabits qui pouvaient y passer.
Je m'aperçus alors d'une chose surprenante.
Le coin désolé était devenu le carrefour de Rabuchon.
On déboulait par là pour éviter le territoire d'un colibri sauvage ou d'une bête querelleuse. On s'y posait sans crainte pour calmer une fatigue, une crainte, un émoi. On y séjournait comme dans un havre où personne ne songeait à attaquer personne car tous ceux qui s'y croisaient avaient connu la peur, la fuite, et n'avaient que l'envie de se reprendre des forces. Seuls les raids d'oiseaux-moustiques menés par Colibri venaient y semer la terreur. Quant aux femelles, elles étaient de plus en plus nombreuses à se rendre dans ce coin désolé, sans aucune nécessité autre que de ne rien faire, voler pour rien, chanter pour rien, et jouer pour rien avec le petit paria.

J'étais tellement étonné de ce lieu que je quittais souvent mes postes d'observation pour m'y rendre à mon tour. Mes grandes ailes sombres suscitaient une panique générale dans un ban de poussières. La crispation de mes serres sur la rocaille déclenchait l'hystérie de milliers de bestioles que mon regard n'arrivait même pas à identifier. Le seul à ne pas s'en émouvoir était le Foufou. Il ne changeait rien à ce qu'il était en train de faire. Je le sentais juste vigilant, attentif, ne me perdant pas des yeux une demi-seconde tout en affectant de ne pas m'avoir vu. Parfois, je forçais un peu en le frôlant pour déclencher sa frousse et tester son esprit. Lui, m'évitait sans plus et poursuivait piampiam ses petites œuvrettes. Alors, je ne pus que me résoudre à la raide évidence. *Ce petit être ne me craignait pas.* Il ne craignait rien. Il ne craignait personne. Sans manifester de force ou de puissance, il n'était ni peureux, ni lâche, ni faible. Il était au-delà de tout cela, ce qui, pour mon esprit abasourdi, le situait dans nulle part.

MORT DU VIEUX GUIDE — C'est alors que le vieux guide creva. J'avais vu mourir de grands aigles supérieurs. Ils se figeaient dans une sérénité aussi impressionnante que soudaine. Ils demeuraient ainsi, imperturbables et inchangés. Au fil des saisons, leur corps diminuait de volume. Il fallait quelque ventée violente pour que leurs silhouettes se défassent en une cendre qui s'en allait au vent. Je ne vis pas mourir le guide, sans doute s'était-il éteint comme cela, mais je perçus l'émoi des colibris au-dessus de son corps qui avait basculé je ne sais comment dans ce qu'il existait de pire : l'attrape des araignées.

C'était un endroit que la plupart des existences craignaient par-dessus tout. Son centre se trouvait dans une touffe de bambous où de grosses araignées tricotaient sans relâche des millénaires de toiles. C'étaient des soies d'une haute résistance qui s'étendaient à des intensités variables sur une bonne part de Rabuchon. Leur emmêlement aménageait de dangereux territoires dans une féerie de scintillements et de lignes invisibles. Elles piégeaient des milliers d'insectes, pleins d'infimes existences, et souvent de petits colibris d'un volume approchant celui du Foufou. Les oiseaux minuscules, et même certains de volume conséquent, craignaient ces toiles au plus haut point, d'autant que les araignées colonisaient sans cesse de nouvelles étendues en laissant dériver d'innombrables fils flottants. En un rien de temps, elles raidissaient d'invisibles pièges derrière des pièges invisibles, des garrots et des attrapes gluantes dans des passages qui jusqu'alors en étaient dépourvus. Quand la vie l'avait soudain quitté, le vieux guide avait dû dégringoler dans un coin de ces filets gluants. Les dentellières s'étaient précipitées sur sa dépouille pour l'emmailloter sans fin avant de l'emporter au plus profond de leur terrible cathédrale. Effrayés à l'idée de perdre à tout jamais le corps du vénérable, Colibri et ses escadrilles d'oiseaux-moustiques avaient rappliqué en masse mais n'avaient pu que tournoyer autour du cœur de ce fabuleux piège sans oser y entrer.

Le Foufou surgit et, là encore, je ne pus aller que d'étonnement en étonnement. Il pénétra au plus profond de ce fatal sanctuaire, et commença de l'explorer d'un bout à l'autre pour repérer la précieuse dépouille. Il avait l'habitude d'aller là où aucun autre colibri, ni même aucun oiseau n'osait porter ses ailes, et de le voir virevolter dans les terribles toiles fut la preuve qu'il avait coutume de s'y aventurer. Sa virtuosité lui permettait d'éviter les miroitements et leurs accroches visqueuses. Et si jamais son aile se voyait attrapée, il y avait tant de ressources dans ses pirouettes soudaines qu'il parvenait à se déprendre sans aggraver l'emprise, puis à se dématérialiser dans un dédale de mailles ou de garrots congestionnés.

Alors qu'il avait déjà repéré où se trouvait le petit corps, le Foufou continua d'aller-venir dans ce lacis de toiles que la vibration de ses ailes désorganisait au plus extrême. Il précipitait ces atroces chasseresses dans des fuites, des rages et désespoirs, qui le remplissaient d'un sacré contentement. Parfois, il se rapprochait des mygales les plus ébouriffées, vibrionnait sur place, à leur hauteur exacte, comme pour instaurer avec elles un impensable dialogue. Ne comprenant rien à ce qui leur arrivait, les vieilles piégeuses se contentaient de demeurer saisies en réprimant leurs frissonnements. Entre deux contacts infructueux de ce genre, le Foufou parcourait le labyrinthe d'une manière savante qui embrouillait toutes les structures, l'une après l'autre, les dévastait aussi sans se faire accrocher. Une mise à sac systématique qui n'avait pas de sens.

Bloqués à l'extérieur, Colibri et le reste de l'engeance froufroutaient d'impatience. Ils criaient leur colère et l'exhortaient à ramener la dépouille au plus vite. Le Foufou poursuivit aussi longtemps qu'il le voulut son erratique démolition, puis, en quelques spirales propulsives, il creusa un tunnel à travers l'impalpable échafaudage. Une traînée mate dans le lacis des scintillements révéla un chemin. Les escadrilles de Colibri purent alors s'y engouffrer en masse et s'emparer de la précieuse dépouille dans un concert de becs.

Magies – Tandis qu'ils s'en allaient à leur cérémonie mortuaire, je surpris l'incroyable. Dans une discrétion inhabituelle, le Foufou était resté au voisinage du coin des araignées. Posé sur une brindille, il avait entrepris d'observer la ruine qui résultait de son expédition. Les grosses velues, rassurées par le retour du calme, semblaient tombées dans une autre frénésie. Comme le Foufou les épiait, je les guettais aussi pour tenter de comprendre ce qu'il y avait à voir. Et je vis une myriade de fils leur poindre de l'abdomen, flotter, aller, se croiser, s'adjoindre et se disjoindre dans des destins imperceptibles… Et je vis ces répugnantes bestioles courir de toutes leurs pattes dans une nécessité inexplicable mais qui faisait naître un commerce incertain de visible et d'invisible. Là où il y avait des trous, des déchirures, du vide, des scintillements se matérialisaient pour redessiner un équilibre flottant. Et le piège fabuleux se remettait à vivre d'une manière magique, une féerie labile, qui ne transmettait qu'un effet de fraîcheur et d'immuable innocence.

Très vite, je vis les premiers moucherons, yenyens et autres avatars, qui se précipitaient là-dedans, et commençaient à gigoter alors que les horribles prédatrices dégringolaient vers eux. Ce piège, lieu de carnage, était aussi une cathédrale de clartés à intensités variables, et qui aurait domestiqué la légèreté du vent, la profondeur de l'ombre, la récapitulation des ruses de la lumière. Je compris pourquoi le Foufou ne s'était pas contenté d'ouvrir une voie vers le corps du vieux guide mais de tout saccager : c'était juste pour voir ces sinistres créatures reconstruire leur domaine, et tenter de comprendre, ou seulement d'apprécier, cet art fabuleux et terrible que le hasard leur avait accordé.

La grande parade – Je ne sais ce que firent les colibris de la petite dépouille, s'ils la lâchèrent dans un bouillon de source, ou s'ils l'enfouirent dans une de ces fleurs qui ouvrent à tout-va et tout vent des gorges parfumées. Quand le Foufou s'envola pour revenir vers eux, ils s'étaient déjà réunis pour désigner le nouveau guide. Perché sur ma plate-forme, je suivis l'affaire avec grand intérêt.

Jamais je ne vis autant d'insignifiances rassemblées en un seul lieu et dans un tel désordre. Tous les territoires semblaient avoir été annulés par la mort du vieux guide. C'était comme s'il avait tenu, par sa seule présence, un maillage invisible et qui, soudain défait, précipitait toute cette engeance dans une folle agitation. Ils étaient des centaines. Ils volaient partout, en opérant des vols groupés, des vrilles sonores et des parades interminables. Je n'y comprenais rien tout en devinant que se déroulait là un rituel pour désigner le nouveau guide. Je remarquai des colibris inconnus. Des êtres d'âge et d'expérience, venus d'ailleurs, dont le vol sobre encadrait l'excitation fiévreuse des nombreux prétendants. Toutes les parades étaient étonnantes. Néanmoins, aucune d'elles ne pouvait rivaliser avec les prouesses que réalisait Colibri dans une perfection qui surpassait tout ce qu'il avait exhibé jusqu'alors. Mais ce qui retint mon attention, ce fut le Foufou que j'avais eu tendance à oublier.

Il menait cabrioles parmi le déchaînement de parades qui emplissait le ciel de Rabuchon. Alors que le souci d'une parfaite exécution mobilisait les prétendants, ce tournoi ne précipita le Foufou que dans un débraillement jamais atteint auparavant. Il était heureux de ce boule-

versement. Il vivait cette effervescence comme on hume le vif d'un vent d'orage, et cela le rendait éperdu de bonheur. Ses voltes provoquaient de grandes trouées autour de lui. Tous paraissaient consternés par ce qu'il accomplissait : rien de ses agissements ne respectait sans doute l'étiquette rituelle. Mais une trêve tacite semblait ouverte, et nul, pas même Colibri qui dominait l'ensemble, n'essaya de lui interdire ses foucades exaltées. Il en profita longtemps jusqu'à ce que la masse des colibris se transformât en une spirale vibrante. Elle monta comme une flèche au-dessus de Rabuchon pour soudain éclater en une ovation qui signalait à tous qu'un nouveau guide était nommé.
Une auréole de colibris vibrionnant sur place s'organisa autour de ce dernier.
Ce n'était autre que Colibri.

Le Foufou ne rejoignit pas l'auréole. Il demeura très loin au-dessus, poursuivant une nouvelle gamme de cabrioles qui me donnait l'impression incroyable que, sans acrimonie ni humeur revancharde, il saluait lui aussi, à sa manière très libre, le nouveau guide incontestable.

Colibri ne parut pas s'en émouvoir. Sitôt sorti de l'auréole, c'est d'un cri, un seul, qu'il condamna le Foufou à n'être qu'un misérable paria, et qu'il dépêcha deux ou trois escadrilles pour le refouler vers son coin désolé…

2. *Le cri du monde*

SÛRETÉS – Sitôt son élection, Colibri avait déployé des guetteurs permanents. Des escadrilles ratissaient Rabuchon pour instituer une ordonnance des choses que seul le nouveau guide portait dans son esprit. La guidance invisible de l'Ancien avait laissé la place à des mises au pas incessantes qui ambitionnaient de tout moderniser dans le rapport de chaque colibri à la moindre chose vivante, et surtout à lui-même. Tout était vu, enregistré et rapporté en flux constant à Colibri qui passait son temps à édicter des directives pour garantir je ne sais quelles tranchantes libertés et se débarrasser des sacralisations archaïques du vieux guide.

Le Foufou fut de nouveau cantonné dans son coin désolé. Une escadrille d'oiseaux-moustiques ne le quittait plus des yeux. Elle patrouillait dans une vigilance aiguë, non seulement envers le petit paria, mais contre tout intrus, ambulant, voyageur ou errant, qui s'en venait par là. Je n'avais plus d'effort à fournir pour défendre mon domaine. Les escouades enragées s'en chargeaient avec une célérité brutale qui surpassait parfois ce dont j'étais capable. N'être pas né à Rabuchon devint la pire des tares. Ils contrôlaient les coulées de vent. Ils inspectaient l'ombre complice des ravines. Ils montaient la garde dans les trouées des grands feuillages qui servaient de passages. Ils filtraient les bourrasques et les pluies étrangères qui ramenaient des choses de l'horizon. Ils passaient au crible les nuages vagabonds qui s'en venaient de loin pour décharger leur panse sur l'arête des Pitons. Ils exagéraient tant à refouler tout ce qui apparaissait, sur terre comme dans les airs, que je prenais l'envol pour jeter quelque déroute dans leur névrose sécuritaire, et les forcer à vivre les hasards de l'espace et du vent. Colibri me zieutait toujours avec autant (et peut-être plus) de haine, mais, de ma puissance, il devait disposer d'une perception tellement exacte que jamais il ne dépêcha ses sicaires contre moi. Le pire, c'est que son isolation sécuritaire semblait attirer les migrants. Ils étaient des douzaines à débouler de loin, parfois hagards, parfois tremblants, avec l'air de fuir des catastrophes impossibles à décrire. Ils étaient généralement seuls, mais les soldats de Colibri devaient souvent refouler ou dévier des groupes entiers de volatiles, au vol las, à la plume terne, affamés, hébétés et pantois, et qui semblaient remonter le fil mince de leur vie sans plus oser regarder derrière eux. Insectes, bestioles et volatiles migrants, se faufilaient partout, s'abîmaient dans le moindre recoin, tant et si bien que Colibri mit au point des razzias et des rafles, pour en débusquer le plus possible, en déloger à objectifs chiffrés, quels que fussent leurs manières, leurs problèmes et leurs âges, et les canaliser par volées indistinctes vers ces coulées tourbillonnantes où les vents prennent l'élan pour s'en aller au loin.

EMPRISE — Ignorant ces manœuvres policières, le Foufou s'occupait d'autre chose. Au début, je ne comprenais pas très bien de quoi il s'agissait. Posté sur une brindille, il scrutait l'entour puis fondait comme un éclair sur quelque chose d'invisible, en plein air, ou au ras de la triste poussière, n'importe où. Je me rapprochai de son coin désolé pour mieux comprendre l'affaire. Il fallut un rayon de lumière pour dévoiler cette nuée de vermines avec laquelle l'insignifiant menait un amusement. C'était une engeance lamentable que les isolateurs de Colibri ne parvenaient pas à contenir aux frontières. De microscopiques existences qui drivaillaient en nuées compactes pour assaillir les pourritures, les excréments, les fruits tombés ou les choses mortes. Ces vermines vous pénétraient le moindre interstice, plongeant les plus placides dans de vieux agacements. Une vraie calamité que chacun évitait avec soin. Je ne fus pas étonné de voir l'insignifiant les prendre en bonne passion.

J'avais maintes fois essayé d'exterminer du bec quelques-unes d'entre elles et j'avais dû me rendre à l'évidence : je n'étais pas assez rapide pour cette nuée d'inconsistances. Elle s'écartait d'un coup, s'égaillait, se diluait, puis, tel le dragon d'un cauchemar, se recomposait à plusieurs mètres plus loin. Trop massif, trop puissant et trop lourd, je m'étais torturé les ailes et fatigué très vite à les poursuivre en vain. Le Foufou, lui, les poursuivait durant des heures entières. Il les battait de vitesse, déjouait leurs dispersions et parvenait toujours à se situer au cœur de leurs agglutinations instables et éphémères. Une incroyable prouesse. Mais l'insignifiant ne le faisait pas pour cela. Il s'était pris d'amitié pour quelques-uns de ces petits yenyens que je distinguais mal, mais qu'il accompagnait de manière très précise en cabrioles et solibos joyeux. Cette compagnie le réjouissait jusqu'à ce que son goût de la solitude reprenne le dessus.

Cet épisode un peu répétitif usa mon attention. Plus d'une fois, je dus m'endormir dans l'ombre déchiquetée d'un arbuste rabougri, à peine troublé par ces vols de migrateurs qui s'efforçaient de traverser les territoires de Rabuchon dessous la traque des escadrilles gardiennes. Mais, lors d'une lumière nouvelle, alors que je bâillais d'ennui, je vis le Foufou soudain happé de frénésie. Il se mit à jouer du bec en avalant tout ce qui bougeait dans la nuée invisible qu'un filet de lumière me révélait par brèves intermittences. Il avalait les pauvres yenyens avec la gloutonnerie d'un avide prédateur ! J'écartai les ailes et me dressai sur mon arbuste d'observation. *L'insignifiant décimait les yenyens!* Je ne l'avais jamais vu comme cela. Dans une fièvre qui m'était familière, son être obéissait à une très obscure impulsion. Quand il put s'en délivrer, il se posa abasourdi, incapable de comprendre ce qui lui était arrivé. Son tempérament joyeux reprit le dessus. Il oublia la ténébreuse décharge, et retrouva ses réjouissances avec les survivants qui l'attiraient d'une sorte passionnée.

Le Foufou demeura en gaieté jusqu'à ce que le phénomène se reproduise de manière dramatique. Cette fois, la victime fut un moucheron, bien sympathique dans sa médiocrité, et qui avait pris l'habitude de lui voleter au-dessus de la tête. Ce petit jeu quotidien emplissait le paria de plaisir. Il n'en finissait pas de tournoyer du crâne dans tous les sens durant des heures. Lors de cette lumière-là, comme à son habitude, le moucheron bêtiseur commença son petit amusement. Et flap, avec une vivacité qui me désarçonna, le Foufou lança le bec et l'avala d'un coup. Il le dégusta dans les frémissements d'un jabot compulsif, jusqu'à tomber à la renverse, pétrifié par l'incompréhension. Quand il put réagir, je le vis tenter de vomir le copain moucheron qu'il avait avalé. Pour la première fois, sa gaieté naturelle s'abîma sous les désespérances qui lui secouaient le corps. Il parvint quand même à recracher quelque chose devant quoi il demeura prostré, bec ouvert sur un oxygène rare et la plume en désordre sous une éploration. Sans doute affligé d'être devenu un massacreur sans rime ni raison. Un tueur fou, au mitan de la tête.

Le Foufou cessa dès cet instant-là de se comporter en colibri foufou. Il n'exhiba plus de gaieté spectaculaire, volait peu, demeurait immobile, sans même s'intéresser aux rafles que Colibri et ses sbires pratiquaient dans les bois. J'avais autrefois vécu une dépression semblable en découvrant avec angoisse l'autorité démone de l'Alaya. Elle ordonne : et on frappe, on mord, on griffe, on avale, on fait ci, on fait ça... Je n'avais même pas songé à l'affronter avant de m'en remettre à elle, extasié et vaincu. L'insignifiant la découvrait à son tour. Si son Alaya me demeurait étrange, elle existait bel et bien dans des modalités imperceptibles, imprévisibles, mais qui tenaient le Foufou dans une nasse d'acier. Je m'apprêtai à savourer son inévitable défaite : *quand une Alaya s'éveille, nul être vivant ne peut lui échapper !*

Je le vis s'observer en silence, le regard trouble, aussi serein que d'habitude mais mille fois plus attentif et concentré. Quand la sommation ancestrale ressurgit dans sa chair et qu'il fondit vers une mouche à miel, je sentis au désordre de son vol qu'il essayait d'y résister. Tout son corps se montrait affamé de l'insecte, affamé comme un monstre, et impossible à réfréner. Il avala cette mouche à miel. Puis une bébé-libellule. Puis de petites choses volantes... Je le vis essayer de vomir à chaque fois, se figer dans une anxieuse attente, s'envoler sans l'avoir décidé, se jeter sur telle fleur rabougrie sans l'avoir désiré, et y fouailler du bec pour se gaver comme un malade. Il passa une bonne part de son temps de lumière à obéir aux secousses de son Alaya qui le drivait tel un fétu de paille. Comme le plus banal de ses congénères, il se vit attiré par des formes, et des éclats, toujours les mêmes, à réagir à des mouvements, sans doute à des odeurs, toujours les mêmes. Dans mon coin, je grinçais tout doucement, frétillant à l'idée d'assister à sa piteuse reconnaissance des toutes-puissances de l'Alaya.

RÉSISTANCE — Les seuls instants où les rafles s'apaisaient, c'est quand l'obscur quittait le sol, s'élevait jusqu'à noircir le ciel, et revenait pour gober Rabuchon sous une stase générale, les colibris lui obéissaient d'une manière absurde. Tous, et Colibri en tête, se posaient dans quelque ombre plus ou moins abritée. Et là, immobiles, ils se pétrifiaient doucement, jusqu'à quitter la vie. Ce n'était pas un de ces assoupissements attentifs que pratiquent toutes les existences, c'était vraiment une *petite mort* que l'Alaya leur imposait ainsi. Dans les premiers temps de mes découvertes, alors qu'il se trouvait soumis à cet état, j'avais approché Colibri du bec. Je l'avais effleuré. J'avais humé son odeur écœurante et douceâtre. J'aurais pu l'avaler sans effort. Il était presque froid et il ne bougeait plus. Sous mes frôlements, il s'était contenté d'émettre une sorte de demi-son qui témoignait sans conviction d'un reliquat de vie. Il demeura ainsi, minéral et sans souffle. Il ne remonta vers la vie que lorsque l'éclat fixe redessina le monde et qu'un peu de chaleur tomba de la lumière. Alors, doucement, il se réanima pour soudain s'élancer et ne plus s'arrêter, tout en iridescences et en éclats abrutissants...

C'était pour moi inconcevable.

Mes repos étaient des vigilances. Je ne me livrais pour ainsi dire jamais à la furie du monde. Dans la lumière comme dans l'obscur, j'étais une alerte. Je n'avais aucune innocence, aucune bienveillance, aucune confiance en rien. C'est ainsi que j'avais engrangé tous mes âges. Et là, je découvrais des êtres qui s'offraient à l'obscur. Au silence. À l'immobilité. À l'absence. Des choses qui abandonnaient leur existence à la merci d'une quelconque voracité. Le pire c'est qu'elles avaient pu survivre des millénaires comme cela...

Ce phénomène m'était sorti de l'esprit, mais c'est en y songeant soudain que je réalisai n'avoir jamais vu le Foufou sombrer dans cette petite mort. Et c'est avec surprise qu'une fois, l'obscur ayant tout avalé, je pris conscience qu'il était doucement emporté par le refroidissement invincible de son être. Il se retrouva dans un bord de pierraille, submergé par cette immobilité dans laquelle s'abîmaient ses pauvres congénères. J'en profitai pour me rapprocher de lui,

l'observer de très près, respirer son odeur sèche de chair mal nourrie.
C'est alors que je connus l'étonnement de ma vie.
En tournant autour de son corps immobile, je m'aperçus soudain que l'insignifiant avait un œil écarquillé — *hinnk!* un œil qu'il avait réussi à maintenir ouvert et qui constituait son ultime résistance à cette injonction de l'Alaya! Je m'envolai d'un coup, désarçonné par ce prodige. Je ne sus jamais si cet œil m'avait vu, mais il restait béant sous une fixe volonté. Je demeurai éveillé, nerveux, les yeux fixés sur cette étrangeté. Le Foufou ne reprit vie qu'à la première lumière et la première chaleur. Il émergea tout éberlué, et surtout atterré d'apprendre à quel point son existence était soumise à une puissance immémoriale. Il découvrit combien tous, lui, nous, les autres, étions en geôle dans un démon qui, naturel, invisible, dictait aux libertés son terrible alphabet.

Mais, plutôt que de l'abattre, cette découverte plongea l'insignifiant dans une autre densité. Moi, dans toute mon existence, je m'étais contenté d'une honnête perception des limites que m'imposait mon Alaya; j'en avais fait ma force, et d'une certaine manière mon orgueilleuse autonomie. Le Foufou ne composa nullement avec cette muraille que lui dressait la sienne. Il avança vers elle. L'affronta sans attendre d'une sorte inattendue...

IMMENSITÉS – Alors que je m'attendais à le voir se démener à vide contre l'obscure puissance, il se mit tout bonnement à examiner sous un mode très lent et très contemplatif le moindre millimètre de son coin désolé. Avant même d'en percevoir l'utilité, et sans doute emporté par la stupéfaction, je me découvris en train de l'imiter, à me laisser aller tout de go à la même lenteur contemplative.
Voir fixe et longtemps.
Percevoir profondément, longtemps.
Veiller sans rien attendre dans une haute vigilance.
Bien que me tenant à distance, j'étais en osmose avec lui, je l'imitais intuitivement, percevais intuitivement ce qu'il faisait ou s'efforçait de faire, et je le reproduisais en moi-même sans attendre. Il faut dire que cela m'arrangeait de ne plus assister au spectacle affligeant de Colibri et ses troupes poursuivant les transhumances d'insectes, chassant les libellules nouvelles, décomptant les fourmis, traquant le moindre volatile dont l'espèce n'appartenait pas aux paysages de Rabuchon. Si cela avait été possible, ils auraient bloqué les vents, operculé le ciel, soudé les feuilles entre elles pour que rien n'y traverse, et que Rabuchon se mette à exister en dehors de la vie et du monde. Concentré sur moi-même, imitant le Foufou, je découvris combien l'immobilité souligne les mouvements du mental, dégage les obscurs cheminements qui traversent les chairs, révèle ces torsions qui préparent les grands bonds de l'esprit sous le boutoir de

l'Alaya. J'ouvrais un autre monde en moi, et qui, plutôt que de m'en éloigner, m'installa autrement dans les réalités imperceptibles de mon entour.

J'ignore si mes découvertes correspondaient à ce qu'il découvrait lui-même, mais je constatai soudain que le coin désolé du Foufou était grouillant d'autant de vivacités que le reste de Rabuchon. Les fleurs chiffonnées grouillaient de vies, tout autant chiffonnées que leur assise d'accueil mais bien vivaces et résistantes! La désolation ambiante ne faisait qu'amplifier d'autres nécessités, d'autres plénitudes et d'autres résistances!... Bientôt, je fus effaré par ce que je découvris : *Le coin désolé n'en finissait pas.* À mesure que je fixais des choses infimes, j'en découvrais d'autres, encore plus infimes, et à chaque stade de petitesse de nouveaux horizons s'ouvraient dans la petitesse même... Cela n'avait pas de sens. J'en étais pétrifié. Je clignais des paupières et détournais la tête, mais bien vite je me voyais reprendre par d'ardentes scrutations. Il y eut un extrême où je devinai que chaque grain de poussière se composait de choses encore bien plus microscopiques, mais j'avais beau scruter je ne distinguais plus rien qui me soit concevable... Et il n'y avait pas que la poussière de ce coin désolé. Le vivant aussi n'en finissait pas. Sans pouvoir les déchiffrer, je suivis du regard des chaleurs infimes, des frissons infinitésimaux d'une incroyable vivacité. Je découvris des éclats qui n'étaient ni d'ombre ni de lumière mais que je sentais vivre d'une sorte singulière. Je ne percevais plus de chaleurs ou de sang, mais des *présences* d'une incalculable variété dont la vitalité était des plus soutenues. Cela me donnait le vertige. Alors, clignotant des paupières, ouvrant mon regard sur tout l'espace de Rabuchon, je revenais au seul niveau de perception où je pouvais tenter de ressentir et entreprendre d'examiner…

Tellement de vies autour de moi !…
Je décelais tant de présences que je ne savais plus quoi ni comment regarder. Des poudrailles d'existences, rampantes, sautillantes, volantes, parfois d'une lenteur presque fixe, mal déprise de l'inerte… Des vivacités invisibles, des patiences ternes ou flamboyantes, des nuées compactes ou d'orgueilleuses solitudes… Colibri et ses isolateurs, persuadés de maintenir le monde derrière leurs interdits, n'en seraient pas revenus ! Des grouillements de vies comblaient le moindre espace, et le moindre espace s'ouvrait dans des chapelets d'autres espaces, et cela dans des déflagrations qui allaient à l'infini. Ces existences constituaient un chaos d'archipels en mouvement qu'il me fallut tenter de structurer selon des ressemblances, le choix de quelques invariances dans un chaos de variations sans fin… J'écoutais aussi pour distinguer leurs bruits, leurs cris, leurs chants, et les déprendre d'une informe rumeur. J'en oubliais mes chasses ou mes repos, et mon corps épuisé,

affamé, aiguisait mon esprit qui ballottait de surprise en surprise.

Ces existences entretenaient de multiples arrangements avec les arbres et les feuillages, les herbes, les roches, les sources et les rivières, le sable et les vieilles boues. Elles connaissaient la pluie, le vent, le chaud, le froid, les ombres et les lumières, et persistaient dans toutes leurs variations. Mon Alaya les reconnaissait sans néanmoins les connaître et demeurait sans réaction… Je me surpris à penser que ces vies inutiles étaient bien plus anciennes que Rabuchon, bien plus anciennes que moi, bien plus anciennes que mon plus vieux souvenir qui relevait pourtant d'une lignée primordiale… Elles semblaient être là de toute éternité, à leur exacte place, et nourrissaient entre elles des connexions insaisissables. Je ne pouvais que considérer leur ensemble comme s'il s'agissait d'une archive vivante. *Hinnk…* J'avais dessous les yeux une chronique de mille et mille péripéties du principe vivant à travers l'impossible et l'inerte, mille et une trajectoires jaillies du plus immémorial et qui se poursuivaient encore… L'endroit était immense comme une fenêtre sur l'univers. *Hinnk !* J'en restais bec cloué…

De son côté, le Foufou contemplait quelques fleurs maigres qui vivotaient dans sa pierraille. Il y passait des heures à y enfouir la tête, ou simplement à les scruter sous tous les angles. Ses gestes étaient pesés, circonspects, mesurés en lenteur, comme s'il se méfiait désormais de lui-même. La moindre parcelle de son minuscule corps était tenue avec une telle volonté que jamais je ne vis quelque chose qui fût capable de l'en distraire. Aucun espace de lui-même n'était laissé offert à l'irruption possible d'une décharge obscure. Moi, après avoir essayé de me maintenir à ce degré de concentration, je me voyais très vite forcé de m'ébrouer au plus extrême pour retrouver l'énergie de ma vie. Je me mettais à sillonner Rabuchon avec toute la vigueur dont j'étais capable ; puis, revenant vers le coin désolé, et survolant le Foufou demeuré sans mouvement, je me surprenais à méditer au fond d'une tristesse sur l'étrange lumière de l'immobilité...

VICTOIRE – Je me retrouvais à contempler des choses insignifiantes, donc ce qu'il y a de plus contraire à moi, de plus éloigné, de plus répugnant ou répulsif pour moi ! Combien de saisons n'avais-je pas poursuivi une vie apeurée ? Senti un os s'effondrer de mon bec ? Avalé l'irruption d'une belle giclée de sang ? Et... rien de tout cela ne me manquait. Je n'avais besoin de rien d'autre que de regarder ce petit être, de tenter de le comprendre, de deviner ce qu'il essayait de deviner, et... de l'imiter comme cela m'était possible et sans que j'en perçoive un début de raison. Une maladive fascination ; pire : une morbide hypnose qui contredisait ce que j'étais, que j'avais pensé être, ou que j'avais projeté d'être. Je le savais mais je n'osais pas me formuler que, moi, le puissant, membre de la lignée des aigles, j'étais fasciné par une bestiole dépourvue de toutes les qualités qui jusqu'alors m'avaient paru majeures.

Ainsi, moi qui vivais dans la sombre furie de l'Alaya, et qui la célébrais lumière après lumière, j'accompagnais ce petit être qui… luttait contre son Alaya ! Et, soudain, je me mis à trembler à l'idée de cet inconcevable : *vivre sans Alaya !* Se retrouver avec des muscles, des ailes, un bec qui devaient inventer une autre manière de vivre et — comment le dire ? — une impensable déraison d'exister. M'imaginer dans un espace d'où l'Alaya serait absente, m'ouvrait un précipice d'angoisse. L'Alaya remplissait tout mon être d'une fixe majesté. Qu'envisager de plus ? Ce qui m'arrivait dans la confrontation à ce petit Foufou relevait sans doute d'un trouble de mon esprit ; peut-être d'une de ces mélancolies que j'avais vues dissoudre de vieux aigles jusqu'alors immortels…

Je continuais à imiter ses stases contemplatives tout en savourant dans chacune de mes fibres le déploiement protecteur de ma propre Alaya. Et je laissais cette contradiction habiter mon esprit, irriguer ma conscience. Plus elle se développait, plus elle me remplissait d'une fièvre inconnue. *Hinnk.* Une braise de sensations étranges, inconfortables, mais dont je ne m'éloignais qu'au prix d'un vaste ennui. Quand je m'y replongeais, j'éprouvais les affres d'une étrange renaissance… je me mettais alors à détester ce petit être, et... à le célébrer dans un même trou bouillon.

C'est pourquoi j'ignore si je fus rempli de plaisir ou de consternation quand me fut révélée sa première victoire. Je le voyais, à chaque obscur, lutter contre la torpeur qu'ordonnait son Alaya. Il tentait de rester éveillé. Une lutte admirable, mais que je savais vaine, et qui m'ouvrait à une grinçante compassion. Pourtant, lors d'une clarté nocturne, alors que je m'étais assoupi à quelques mètres de lui, je m'éveillai dans un saut de cœur, et le découvris en train de contempler les éclats de la voûte noire qui couvrait Rabuchon. Je dus ouvrir les ailes pour m'ajuster au sol.
Il avait dominé la torpeur ancestrale!
Alors que tous les colibris de Rabuchon étaient domptés dessous leur petite mort, l'insignifiant avait réussi à rester vif, serein, contemplatif, et concentré comme à l'accoutumée. Mes ailes balayaient la poussière pour compenser une filée de vertiges.

Au retour de la grande lumière fixe, le Foufou poursuivit ses contemplations dans diverses encoignures de son pauvre domaine. Mais je le sentis en proie à une intense fatigue. Je veillai à ne pas le perdre de vue pour disposer d'une entière vigilance quand l'insignifiant serait forcé d'opérer ce que j'imaginais déjà. Au bout de quelques ventées de lentes explorations, il entra dans un coin de roche, protégé par une manzelle-marie épineuse, et là je le vis s'immobiliser à mesure à mesure, se pétrifier de seconde en seconde, et, en pleine lumière chaude, décider de sa torpeur.

Un Nocif – Cette victoire sembla le rassurer. Durant les lumières qui suivirent, il devint un peu plus mobile, bien moins contemplatif, se risquant même à des excursions vers les bauges de Nocif, sur les pentes basses de Rabuchon. Ses geôliers-moustiques (affairés à traquer les migrances de toutes sortes) le laissaient faire : les zones à Nocifs étaient haïes de tous; s'y rendre équivalait à tomber dans nulle part. Quand il se dirigeait vers une de leurs bauges, je m'en allais en sens inverse me fatiguer les ailes au-dessus des Pitons. C'était l'unique moyen pour ne pas étouffer de rage ou de consternation... Je nourrissais pour les Nocifs un mépris impossible à dissoudre. Dans tous les coins où m'avaient transporté mes envols, je les avais vus anéantir de vives clameurs pour ériger des formes artificielles, verticales, impavides, qui déroutaient le vent et affolaient la pluie. Ils aimaient s'entourer de choses mobiles, fumantes, bruyantes sans une once d'existence. Ils couvraient le monde de configurations mortes qui éliminaient le frémi des savanes, les concentrations d'arbres, les houles de terre noire, ou les fréquences anciennes qui pulsaient des mangroves, des marigots ou des rivières. Ils étaient les seuls à s'épanouir dans leurs contagieux cimetières où le vent n'abandonnait que des poussières inertes. D'aussi loin que je m'en souvienne, j'ai toujours perçu la différence entre un lieu sans Nocifs et ces nécropoles aiguës qu'ils instituaient partout. Tout ce qu'ils approchaient se dénaturait. Tout ce qu'ils œuvraient ne se révélait propice qu'à leur seule expansion. Tout ce qu'ils habitaient se desséchait irrémédiablement.

Et pour finir, ils tuaient.

Ils tuaient sans faim, sans soif, sans rage, sans peur, sans erreur. Ils tuaient avec des manières impossibles à comprendre — massacres soudains dans des fracas de foudres. En vérité, ils étaient la pire des monstruosités inutiles du vivant !...

Dans les hauts vents de Rabuchon, de très loin, je guettais le Foufou d'un œil. Je le voyais entrer dans une de ces bauges, en ressortir par l'autre bout. Parfois, il y disparaissait durant des heures. Je le vis même, au fil de ces périodes hideuses, boire à quelque chose que l'un de ces Nocifs suspendait aux fenêtres. Je le voyais jouer avec la marmaille de celui-ci — celle qui chantait la ritournelle et qui, contrairement aux rejetons calamiteux de cette engeance, ne passait pas son temps à balancer des pierres aux existences de Rabuchon.

Pour le suivre au plus près de ces bauges infâmes, il me fallut vaincre mon dégoût, et mobiliser une sérieuse prudence. Mes apparitions ne laissaient pas les Nocifs indifférents. Ils me considéraient toujours avec un peu d'émoi et une certaine agitation, ce qui m'inspirait du souci car être l'objet d'une attention de la part de ces monstres n'est jamais bienfaisant. Je me rapprochai donc, sans le moindre bruit d'ailes, juste porté par un souffle de vent chaud. J'atteignis le couvert des grands arbres les plus proches. Posté dans une feuillée de moubin, je ne bougeai plus d'une griffe ni d'un duvet. C'est ainsi que je vis de plus près celui qu'il fréquentait.

Je n'avais jamais pris le temps d'observer un Nocif.

Celui-là était une créature longue, osseuse, à peau noire, la tête pelée, parfois couverte d'une paille noircie qui le gardait de la frappe lumineuse. Sur la plate-forme attenante à cette bauge, je vis le Foufou lui voleter autour de la tête en faisant des… froufrous. Je m'attendais à ce que ce barbare l'écrabouille sans un avertissement, mais lui, vautré dans une niche à bascule, tige fumante à la gueule, se contentait de le regarder voler avec un contentement goulu. Je le vis enfin se déposer sur le dos de la main une gouttelette étrange. Sans doute un poison foudroyant. Il tendit le bras. L'insignifiant vint voleter au-dessus de sa paume, s'y posa sans crainte, et, de la pointe du bec, aspira la petite goutte avant de se remettre à tournoyer autour du Nocif béat d'admiration. Je me sentis malade. Et, à chaque fois que par la suite je songeai à cette scène, j'eus l'envie de vomir…

Ce manège dura plusieurs minutes, puis la marmaille les rejoignit pour se mettre à entonner la fameuse ritournelle. L'enfant avait grandi, mais sa voix était demeurée cristalline et légère. Le Foufou l'accompagna de mille pirouettes vibrionnantes, avant de s'en aller d'un coup à je ne sais quelle lubie et revenir quelques instants plus tard reproduire le même cirque. En général, les créatures que le Foufou abordait ne comprenaient rien à ce qu'il voulait, et continuaient de vivre dans une bulle sans horizon. Le Nocif, lui, était différent. Il *étudiait* son visiteur. À croire qu'il avait envie lui-même de tomber colibri. J'éprouvai l'incroyable sensation que non seulement il essayait de le comprendre mais qu'il en était bien mieux capable que moi. Tandis que ses prunelles de braise fixaient la silhouette voltigeante, je le vis à maintes reprises dessiner quelques formes et développer, sur des feuillées blanchâtres, plusieurs semailles de griffonnages.

Tout à coup, alors que je les guettais encore, ombre dans l'ombre, le Nocif tourna la tête vers moi. Et me regarda. Je m'envolai dans un grand fracas d'ailes et rejoignis le plus haut des Pitons. Ses yeux m'avaient comme transpercé. *Hinnk!* Ce Nocif possédait un étrange regard. Ses yeux étaient pleins de douceur, de joie sereine, et… d'une sorte de lumière. Cette énigme me poussa à scruter les Nocifs qui traînaillaient par là. Il y en avait plein autour des tanières, dans les jardins, aux fenêtres, dans les bois et encore plus dans les champs de bananes qui bordaient Rabuchon. Ils arboraient tous quelque chose

dans les yeux que je n'avais jamais perçu chez les autres créatures. Sauf chez de très vieux aigles, mais de manière fugace. Cette lumière indéfinissable qui habitait leurs yeux n'était présente que chez peu d'êtres vivants. Chez le Nocif du Foufou, elle culminait à une intensité particulière. Je dis « lumière » mais c'était autre chose. Comme… une élévation et une profondeur. Comme une étendue aussi. Comme un phénomène qui n'en finirait pas de se produire. *Une activité.*
Cela émanait de leur être mais s'en détachait tout en lui restant lié. Mystère. *Les Nocifs habitaient quelque chose qui les habitait.* C'était sans doute cela qui conférait à leur emprise sur Rabuchon, et sur le reste de la terre, sa ravageuse ampleur. C'était surtout cette activité singulière qui fascinait l'insignifiant. Je le compris d'un coup car j'y voyais moi-même (au grand dam de mon Alaya) une *présence* terrifiante… et admirable tout à la fois.

Durant les saisons qui suivirent, je sentis le regard du Nocif sur moi. Il ne s'intéressait qu'à l'insignifiant mais il avait compris que je m'y intéressais aussi et cela l'intriguait. J'étais jaloux de lui. Le Foufou les visitait souvent, lui et sa marmaille, et de les voir effectuer leurs petites manigances, se contempler, s'étudier mutuellement, chanter l'obsédante ritournelle, m'obligeait à penser qu'ils étaient devenus *hinnk!…* des amis.

Affres – Le Foufou évitait désormais de boire et de manger. Il n'utilisait que la provende quotidienne du Nocif pour se sustenter. Ainsi, il augmentait ses chances de ne plus céder aux injonctions de l'Alaya, ou de mettre en danger n'importe lequel de ses amis. Cela semblait marcher, mais, instruit de l'irrésistible puissance d'une Alaya, je guettais avec belle gourmandise la suite des événements. Je ne fus pas surpris quand, parfois, l'insignifiant s'élançait d'un coup vers la brume des Pitons, comme sous un accès de démence explosive. Ses geôliers, lancés à sa poursuite, se voyaient distancés par cette fulgurance avec laquelle il perçait les basses brumes, traversait les hauts cols… En plein ciel, une fièvre le projetait dans toutes les directions jusqu'à ce qu'il plonge à pic, à une vitesse inouïe, comme un caillou en perdition. Il reprenait in extremis le contrôle de sa chute et rejoignait d'une aile souple ses broussailles. Et là, il demeurait très longtemps immobile. Personne n'y pigeait hak, et Colibri lui-même le criait tombé fou. J'étais le seul à deviner qu'il réprimait ainsi les terribles injonctions qui explosaient en lui. Des efforts pathétiques.

Mais, au cours de ces affres, il avait sans doute découvert quelque chose : l'insignifiant s'éleva bientôt au-dessus de Rabuchon sans avoir à combattre un tourment intérieur. J'y percevais surtout une espèce de plaisir. Sitôt qu'il s'élançait ainsi, toutes les attentions se concentraient sur lui. Colibri, ses sbires et les autres existences demeuraient stupéfaits de le voir s'élever aussi haut, aussi loin, retomber aussi vite sans une nécessité. Les premières fois, il y eut des cris d'alerte et des envols de peur. Par la suite, je n'entendis que des soupirs de consternation ou des émois de femelles.

Tantôt, alors qu'il gagnait les hauteurs sous le regard de tous, je ne résistai pas à l'envie de montrer ma puissance. *Vanité!*... oui sans doute, mais je salivais d'avance sur le plaisir d'une petite forfanterie.

Je ne sais pas s'il me vit venir, mais il accéléra son vol vers les lointains nuages, plus haut que d'habitude. J'amplifiai le battement de mes ailes pour capter le moindre souffle ascendant, et me situai très vite à sa hauteur. Le dépassai tout aussi vite. Mais l'insignifiant se plaça vicieusement derrière moi et poursuivit l'ascension en se maintenant dans mon sillage. Nous rivalisâmes ainsi, jusqu'à ce que je me voie forcé de ralentir, et qu'il parvienne à ma hauteur. J'avais compris qu'il pouvait voler aussi haut que moi, peut-être même plus, plus vite et plus longtemps. Il était si vif, si puissant, si explosif, et tellement entraîné, que pour soutenir une telle ascension je me serais épuisé autant qu'avec la remontée d'une tempête de glace. Stabilisant mon rythme, je le guignais de biais. Ses ailes pirouettaient sur elles-mêmes, presque à l'horizontale, dans des intensités changeantes mais toujours excessives, qui concentraient la précision, l'énergie, l'endurance —

deux arcs d'une invisible magnificence autour du plus médiocre des corps… Un détestable prodige qui me laissait pétri d'indignation et de mélancolie.

Nous avions traversé les nuages quand *hinnk!…* il me dépassa dans une vrille aussi irrésistible qu'insensée. Heureux bonheur, cela n'avait pas été visible aux existences demeurées à l'affût tout en bas. Pour m'en sortir, je me persuadai qu'il avait décidé de se détruire dans le bleu sans limites : une bonne raison pour me sortir de là, incliner une aile et redescendre en me laissant porter — redescendre, mais avec la tête explosée de tracas, et de trouble, et de questions sur ce qu'était vraiment mon excellence dans le règne du vivant…

Avalasses – Traumatisé par ce qui m'était arrivé, je ne bougeai plus de ma plate-forme durant plusieurs lumières. Au moment des grandes ombres, mes yeux se maintenaient dans des fixités qui les bourraient de sable. Mais je ne perdais pas ce petit être de vue. Souvent, je le voyais disparaître dans les brumes d'un orage, ou s'effacer à l'horizon dans un vol rectiligne qui forçait son escadrille geôlière à revenir bredouille. C'est vers cette période que les pluies folles surgirent. Des nuées d'insectes et de volatiles les avaient précédées, avec une intensité telle que les isolateurs et autres sbires de Colibri renoncèrent bien vite à les stopper ou les dévier, et ne purent que les regarder traverser Rabuchon, s'y poser en partie, s'y serrer en belle masse. On sentait bien qu'ils ne cherchaient pas vraiment un territoire où s'incruster mais qu'ils fuyaient on ne sait quel désastre qui n'avait pas de nom et dont ils demeuraient infoutus d'expliquer la nature. Colibri les déclarait atteints de démence et excitait ses troupes pour que nul ne les accueille, ne les cache, ou ne tolère la moindre proximité avec leur vieux délire. Il cherchait encore moyen de s'en débarrasser, quand les feuilles du bois-canon virèrent à l'argenté. Les Nocifs, du coup, bouclèrent portes et fenêtres. Maintes existences, pressentant l'inexplicable tempête, abandonnèrent les gîtes trop exposés pour l'arrière des Pitons. Colibri organisa l'évacuation des colibris. Il supervisa l'aide aux femelles qui emportaient leurs oisillons, ou qui protégeaient leurs œufs en rembourrant des nids qu'on ne pouvait déplacer. Mon expérience des avalasses venteuses, de plus en plus nombreuses, toujours imprévisibles, m'enjoignait à gagner des façades mieux propices. Je m'envolais déjà quand j'aperçus l'insignifiant, installé sur une tige de son petit enfer, tranquille comme une goutte de rosée, avec l'évidente intention de demeurer sur place. Je stoppai net, honteux de mon émoi, et regagnai un gros poirier pour l'observer à l'aise. Il attendait les avalasses foldingues.

Quand elles surgirent, dans une pénombre malsaine, gémissant comme des sourdes, emportant les feuillages, déraidissant les branches, drivant des nuées de choses déracinées, je vis l'insignifiant aller à leur rencontre comme s'il s'agissait d'accueillir des amis. Et je l'entrevis, tant que cela me fut possible, tourbillonnant dans les ventées brutales avant de disparaître. Moi, pas trop fringant, je me rencognai dans un creux du poirier, écrasé contre l'écorce. Si je m'étais risqué à écarter les ailes, j'aurais été emporté aux horizons du diable, alors que lui… *Hinnk!…* À la moindre éclaircie, je m'étirais le cou pour tenter de le revoir, et je le revoyais, tourbillonnant toujours, utilisant les précipitations, se jouant d'elles, virevoltant dans ces atrocités qui auraient dû l'écarteler. J'étais une fois encore témoin d'un vrai prodige.

Mais, au-delà des performances physiques, je percevais une sensation bizarre : le petit être se régalait surtout de sa *proximité* avec ces éléments. Sa manière d'être au cœur des forces primales suggérait qu'il se rapprochait d'une… divinité. Il prospectait autour de lui, écoutait l'inécoutable, tâtait du bec l'impalpable des souffles. Cela n'avait aucun sens, sauf à se dire qu'il s'évertuait à entrer en contact avec quelque chose d'impossible : une entité qui ne serait accessible que dans cette circonstance.
Qu'est-ce que cela pouvait bien être?
Ces souffles étaient-ils animés?
Leur folie était-elle une sorte d'intention?
Y avait-il une *présence* dans ces furies sommaires?…
Je me mis à le penser — sinon, comment comprendre un tel vœu de proximité avec des

souffles absurdes ? Je basculai soudain de mon creux de poirier et sentis les vents qui m'aspiraient déjà ; je ramenai mes ailes pour accentuer ma chute et tomber en ligne droite afin de ne pas être déporté ; j'échouai contre une souche creuse, où je me réfugiai sans demander mon reste. Jetant un œil vers la tourmente, je vis alors une gueule de vents s'emparer du Foufou et le dissoudre dans un bouillon de brumes.

À la nouvelle lumière, je repris mon envol dans un air cristallin. Rabuchon avait un peu souffert mais sans plus. Cela n'avait été qu'une tempête de saison. Beaucoup de feuilles s'en étaient allées, celles qui restaient frissonnaient d'aise ; les arbres s'étaient pour ainsi dire nettoyés, des nœuds s'étaient défaits, un vent libre circulait dans un espace renouvelé. La vie a besoin de ces brusques affolements. Les antres de Nocifs s'ouvraient dans des grincements de gonds et de persiennes humides. Colibri et ses escadrilles rameutèrent leur engeance tandis que les autres existences tentaient de retrouver leurs niches et territoires. Déjà Colibri n'en finissait pas de menacer et de donner des ordres pour débusquer les chiquetailles de migrants, et les bouter sans plus attendre par-delà les Pitons. Je survolais cette renaissance hagarde avec une seule idée : retrouver le cadavre de l'insignifiant parmi tous ces débris. Rien n'échappait à l'acuité de mon regard : cadavres de rats noyés, oisillons fracassés, œufs sanglotant leur jaune, anolis ventre en l'air, araignées défilées… mille victimes mêlées aux brindilles et aux feuilles émiettées. Je n'avais pas le cœur d'avaler ces charognes que la providence m'avait ainsi offertes. J'avais la gorge nouée et les serres en chagrin.

Lorsque je le vis, lui, le Foufou, surgir dans le ciel clair de Rabuchon, tout cela s'évanouit… Je faillis pousser un cri de je ne sais quoi. Un sang réanima mes ailes. Je me lançai dans un vol majestueux en tournoyant pour rien : je ne le savais pas encore, mais j'étais content de l'avoir retrouvé.

DÉPARTS – Il rejoignit son pauvre domaine, fourbu et la plume en bataille comme au retour du plus long des voyages. Les vents avaient dû l'emporter au-delà du possible, mais il avait retrouvé son chemin. Ce malheur lui avait appris quelque chose. Durant les saisons qui suivirent, quand Colibri s'amusait à le persécuter en lui lâchant ses sbires, il s'envola souvent et disparut longtemps. Ses persécuteurs passaient des saisons à l'attendre en vain aux confins des Pitons. Colibri lui-même inspectait les quatre horizons en cherchant sa silhouette. Mystère. Je savais que les colibris n'étaient pas migrateurs. J'étais moi-même un quasi-immobile, même si, dans des temps de jeunesse, poursuivant de grands aigles, j'avais pu forcer mon Alaya en me risquant à d'impossibles virées dans des montagnes glaciales. Je connaissais aussi des oiseaux migrateurs. C'étaient de pauvres êtres. Ils ne comprenaient rien à ces allers-retours que déclenchait leur Alaya. Ils s'en allaient aux vents comme des feuilles défaites par un souffle d'alizé, suivaient des magnétismes sans âme, égrenaient des réflexes, et s'en revenaient à leur point de départ de la même manière. C'est pourquoi les disparitions de l'insignifiant m'intriguèrent. Au-delà d'une simple fuite devant ses tortionnaires, elles étaient *décidées*. Et, quand il réapparaissait, écrasé de fatigue, il entrait dans des contemplations aussi méditatives que celles de mes grands aigles, ruminant je ne sais quelle secrète expérience ramenée de l'envol.

Ses départs étaient maintenant imprévisibles, mais je décidai de le suivre. Quand je perçus que son décollage était de longue haleine, je plongeai à sa suite, de très haut, le conservant dans la ligne de mes yeux. Je fus inquiet de voir une si petite chose affronter les hauts vents, combattre les alizés contraires, utiliser les souffles verticaux pour se laisser porter. Je frémis quand il parvint au-dessus des grandes eaux. Je m'apprêtais à virer de bord quand je le vis poursuivre avec un plus d'intensité dans l'œil aveugle des horizons.

L'eau était en fureur. De hautes formes bouillonnantes projetaient vers le ciel des langues hystériques. Cette furie me hérissait les plumes. Elle était pleine d'une énergie que je ne connaissais pas, comme si des forces nouvelles s'étaient brusquement éveillées et qu'elles engorgeaient de leurs émois les mouvements naturels. Plus d'une fois, je vis une bave écumeuse atteindre le petit fou qui voletait trop bas. Plus d'une fois, des vagues furent près de l'avaler. Lui, mobilisant des ressources étonnantes, rompait la ligne, virevoltait entre les gouttes, s'acharnait en diable sourd dans le brouillard des embruns affamés. Je gardais mes distances avec ces eaux immenses qui me semblaient devenues étranges. Lui, voulait à tout prix les frôler, les défier. Au bout de quelques heures, mon aile faiblit sous l'industrie désordonnée des vents. Il me fallut un ban d'orgueil pour continuer quelques ventées encore. Puis, dans une impulsion, sans l'avoir décidé, je me vis opérer un piteux demi-tour. Mon Alaya hurlait au grand danger.

Effondré sur ma plate-forme, je me persuadai que le Foufou avait été saisi d'un trouble suicidaire. Que c'était mon instinct de survie, et non la peur, qui m'avait renvoyé aux vents tranquilles de Rabuchon. Bien au chaud dans mon aire, je passai les petites saisons qui suivirent à songer à ce petit être. Il s'était sans doute abîmé dans la rage des grandes eaux. *Impossible qu'il survive à ce que je n'avais pas su moi-même affronter!* Son Nocif le chercha du regard à chaque vague de lumière. Planté dans son jardin, il examinait les nuées de colibris en cherchant son ami. Il me lançait des interrogations inquiètes mais je faisais mine d'ignorer sa présence.

En l'absence du Foufou, je ne quittais plus ma couche et mes sombres pensées. Je n'avais aucun goût à déployer mes ailes pour charmer Rabuchon d'une majesté de vol. Je contemplais d'un œil torve ces vagues de migrances qui versaient au cauchemar toutes les névroses de Colibri. Elles arrivaient n'importe comment, par n'importe où, avec des intensités variables, certaines repartaient en sens inverse puis refluaient en grand désordre comme dans une déroute entre le nord et le sud. Ces anomalies auraient dû m'alerter, mais, incapable de m'y intéresser, je restais échoué dans une mélancolie. Je ne pouvais m'empêcher de comparer ma force et mon courage à ce que l'insignifiant avait déployé sous mes yeux dans les forces naturelles. Où partait-il ? Tout cela me paraissait absurde. Pour voyager, il faut un ordre d'Alaya. Il faut une saison, une raison, une faim, un péril, une vraie nécessité. *On ne voyage pas ainsi !*

Son absence dura toute une saison de la mouche verte des marigots. Quand il réapparut, il me fut impossible de réprimer une envolée de joie. *Il n'avait pas été avalé par les vagues affamées !* Je me mis à tournoyer au-dessus de son domaine. Il s'était effondré dans une touffe de broussailles, comme pour remettre en place ses plumes et ses organes. *Il avait réussi quelque chose !* Sa fatigue le disait. Son regard le disait. Sa sérénité langoureuse elle aussi le disait. Je n'en finissais pas de l'examiner. Il était là, minuscule, nimbé de cette aura étrange qui enveloppe ceux qui s'en reviennent de loin. J'étais comme d'habitude écartelé entre la joie de le revoir et la consternation d'admettre qu'il ait pu réussir là où j'avais abandonné. Il pouvait aller, oser, vivre comme on flambe, avec si peu de chair, si peu de muscles, alors que moi le magnifique, moi la splendeur, le feu vivant, je me fracassais contre des impossibles, et m'étouffais dedans mes cendres grandioses…

LE GRAND VOYAGE – Colibri parut exaspéré par ce retour, et même s'il avait fort à faire afin de contrôler la vie de Rabuchon, il trouva le temps de rameuter ses troupes au-dessus du coin désolé, et de se présenter en personne au-devant du Foufou. Il regarda longuement la petite créature frissonnante, son frère, voleta autour comme s'il s'agissait d'une matière détestable, puis il poussa un cri que je n'avais jamais entendu et qui, par sa sonorité froide, ne pouvait relever que d'une sentence de mort. Dans un ensemble instantané, les escadrilles guerrières fondirent sur le Foufou, leurs longs becs en avant. Leur masse se resserra sur l'insignifiant, vibrionna de manière énergique, puis explosa dans tous les sens. Je m'apprêtais à retrouver l'infortuné paria perforé de partout et gisant ventre en l'air dans des gouttelettes de sang, quand je m'aperçus que les sbires affolés tournoyaient au-dessus de Rabuchon à la recherche de quelque chose. *Le Foufou leur avait échappé!* Je décelai très vite sa minuscule silhouette qui s'en allait à l'horizon. Ce départ n'était pas comme les autres. Le Foufou s'en allait pour longtemps. Colibri le perçut lui aussi et lança un signal satisfait pour enjoindre ses troupes à regagner leurs postes. De mon côté, je pris mon envol sans attendre. J'étais prêt. Je suivis le Foufou lentement, économisant mes forces dans les coulées d'air, je le suivis dans les ravines creuses, et les flancs de pitons. Je le suivis dans les alizés qui nous frappaient de face, chargés des sels de la grande eau. Passant outre une tremblade, je le suivis quand il s'élança au-dessus des eaux claires où des Nocifs, accrochés à des yoles, s'ingéniaient à occire des existences marines. Et je le suivis encore quand surgirent les eaux sombres…

Quand le vent se fit instable, j'eus du mal à positionner mes ailes, parfois à avancer. Une bonne part de ma science servit à ne pas me laisser emporter. L'insignifiant, de son côté, tenait tête aux bourrasques avec une habileté qui me consternait. Son vol demeurait dans un unique couloir. Moi, j'étais forcé de chercher vers le haut, de m'assurer plus bas, de manier toutes les ruses, de nombreux biais et tout un lot d'écarts, pour conserver le cap et avancer quand même. Quand le vent tournait et venait de côté, il descendait auprès des vagues et suivait le mouvement de la houle. Il plongeait dans les creux bouillonnants pour feinter les bourrasques. Il jubilait dans ce danger entre les vents fous et les eaux en mouvement. Je peinais à le suivre et regardais avec angoisse la grand-masse vide de l'horizon. À chaque ventée, je soupesais le courage de mes ailes.

L'Alaya s'affole quand tout se vide à l'infini. Il n'y avait que des vagues, du ciel, des nuages.

Aucune assise pour se poser. Je sentis l'ordonnance de mes ailes m'échapper. Elles n'avaient pas d'ordre, ne savaient pas quoi faire dans ce vol à vide sans pièce nécessité. Mes plus longs voyages à la suite des grands aigles avaient toujours été inscrits dans un danger, ou une fièvre de jeunesse qui aujourd'hui ne m'aiguillonnait plus. J'eus un espoir quand l'odeur de la terre surmonta celle du sel et des algues, et que je vis une île, ce brouillard, que nous survolâmes bientôt. Je priai l'Alaya pour que le Foufou casse son vol, décide de s'y poser, mais il poursuivit avec résolution, s'éloigna de l'île à la verticale comme pour éviter le voisinage de cette terre pourtant inespérée. Je le suivis et je fis bien en apercevant une volée de pirates — jeunes rapaces abrutis, becs sanglants, serres aiguës — tournoyer au-dessous de nous et nous guetter sans oser s'aventurer si haut. Mais le Foufou continuait de s'élever. Je le suivis comme je pouvais avant de le voir se perdre dans les nuages, et me laisser soudainement seul, sans raison d'être là. Je fermai les yeux et laissai mes grandes ailes opérer mon retour.

Ce retour fut le moment le plus triste de mon existence. Je pensais à cet être insignifiant qui s'en allait tout seul dans le danger des grands espaces ; il n'était pas en train de fuir, il mettait en œuvre quelque chose qu'il avait décidé ; il s'élaborait ainsi des nécessités inutiles, gratuites, libres et incompréhensibles, hors de son Alaya ; il semblait vouloir tout connaître, les eaux, les

terres, les airs, se dégager, voler loin et le plus haut possible sans souffrir de mesure…
J'étais d'accord, il y avait là de la grandeur et de l'admirable, mais… à quoi cela pouvait-il servir ?
Et si cela ne servait à rien, où se concrétisaient cet admirable et cette grandeur qui sans cesse m'accablaient de leur absence en moi ?…
C'est alors qu'une nécessité surgit comme un éclair.
Cette grandeur inutile, cet admirable insensé… les investir comme on va à l'éclat… l'inutile… l'insensé… le gratuit… *c'était ce manque qu'il me fallait combler !…*
Je fis demi-tour dans une énergie folle.
Jamais mes grandes ailes ne dégagèrent une telle puissance. Les rapaces pirates me virent passer en hoquetant de frayeur. J'allais si vite que je retrouvai sans peine le Foufou qui s'estompait tranquille dans les éclats brasillants de la mer.

Au-dessus de lui, je le fixai crânement en hurlant mon cri de guerre. Il ne prit même pas la peine d'entendre, ou de faire mine de l'avoir entendu. Je ne sentais plus aucune fatigue, rien que la royale assurance qui m'emplissait d'une énergie farouche et m'enlevait à toute crainte et à tout épuisement. Je consacrais la totalité de mon être à voler parfaitement, pour rien ; à faire de chacune de mes ailes le socle d'une perfection qui n'avait rien à démontrer. Je volais comme si c'était la dernière fois que je le faisais sur cette terre. C'est ainsi que je voyageai avec le Foufou, d'île en île, et longtemps, jusqu'aux rives des grandes terres.

J'ignore où nous sommes allés mais nous y sommes allés. Je ne sais pas si nous sommes arrivés quelque part, mais nous avons abordé plein d'endroits, sur des eaux, sur des îles ou sur des rives immenses. Comme nous ne cherchions rien, nous découvrions tout. Comme nous n'allions nulle part, nous arrivions partout... Et partout, je sentais la présence d'une distorsion étrange, comme une note lancinante, inaudible, mais dont la vibration subtile et angoissante troublait les paysages. J'ignore si le petit être que je suivais en avait conscience, sans doute que non, car ce qui visiblement le fascinait c'étaient ses rencontres avec des colibris étrangers et étranges. Il s'ingéniait à les dénicher. J'en étais effaré. *Cette engeance était omniprésente !* J'en vis dans des terres couvertes de neiges cendreuses. J'en vis dans la gueule de volcans infréquentables. J'en vis dans des déserts autour de vieux cactus, auprès de lacs brûlés de sel. J'en vis, ciselés dans du bronze, et hirsutes, et qui tétaient des orchidées sous des ombres gluantes. J'en vis qui nichaient dans des falaises striées de déjections et de lichens. J'en vis dans des mangroves, nichant parmi des huîtres, et s'envolant dans un vrac de lumières et d'écailles. *Hinnk !* Il suffisait de n'importe quoi, d'un arbre, d'une liane, d'un épineux de désert, d'un magnétisme de roche... pour, à chaque fois, entendre un froufrou d'ailes, et voir surgir ces choses... Elles ne s'intéressaient pas vraiment à nous, voletaient sans cesse, allaient, venaient, scrutaient leurs alentours, préoccupées par quelque chose qui se passait chez elles, dans leurs milieux, dans leurs domaines, et qu'elles essayaient avec fièvre de comprendre…

J'en vis qui exhibaient des duvets blancs au-dessus de leurs yeux innocents, et qui regardaient d'étranges vapeurs d'eau. J'en vis, isolés et hautains, qui pourchassaient des volatiles énormes ou des troupeaux de bêtes à cornes que quelque chose avait troublé. J'en vis qui contournaient les fleurs pour aspirer des chrysalides et des choses innommables… En découvrant un lieu, je parvenais très vite à les distinguer, un à un, au seul bruit de leurs vols, au seul mouvement d'un bec. Ce n'étaient plus pour moi des blocs d'espèces indivisibles, mais un poudroiement d'individus dont je ne retenais que l'infini des variétés… Pas un n'était la réplique d'un autre, et, quand quelques-uns relevaient d'acabit similaire, chacun déployait des manières personnelles, presque un art qui lui était particulier… *Hinnk!* J'appris ainsi la différence. J'appris aussi, par extension, que la différence constituait la matière la plus vive, la plus vaste, la plus sûre et la plus stable de toutes choses existantes…

Le Foufou avait initié ce goût de la rencontre dans Rabuchon. Il en fit un principe durant notre longue errance. Il approcha toutes sortes de créatures, mais prit surtout le temps de voleter avec des colibris inattendus et surprenants. Ces derniers avaient développé d'autres façons de manger, de voler, de s'aimer, de chanter ou de ne pas chanter. Ils étaient souvent solitaires, marginaux ou parias. Même solidaires d'une communauté, ils en émergeaient toujours comme des anomalies. Une telle profusion de dissemblances me fascinait au plus haut point, d'autant plus que moi-même — sans perdre le Foufou des yeux — je n'en finissais pas de découvrir des aigles royaux, des rapaces majestueux, empereurs du ciel et princes des nuées, qui régnaient sur des endroits à peine imaginables. Ils avaient d'insolites habitudes pour voler, se nourrir ou crier mais ils paraissaient de ma famille. Malgré l'ampleur des différences qui nous nimbaient de mystères réciproques, tous se voyaient en moi, et je me devinais en eux. Comme si je m'étais démultiplié jusqu'à devenir étranger à mon être. Comme si, dans le vertige de cette étrangeté même, je me redécouvrais moi-même, m'informais plus avant de moi-même…

Je subissais cette expérience du bout de mon esprit. Je l'enregistrais durant nos déplacements avec l'idée de ne la soupeser qu'au retour dans mon aire. Le Foufou, lui, semblait la provoquer, la vivre de suite avec intensité. Cela ne le troublait pas de découvrir une telle variété de ce qu'il était, qu'il aurait pu être, ou qu'il ne pourrait jamais être. Comme si ces colibris étranges existaient pour qu'il s'en aille à leur rencontre et s'en revienne avec un trésor invisible. Son vol en était seulement ragaillardi, simplement exalté. De le voir si proche et si différent d'eux, je finis par percevoir une évidence : s*on aspect indéfinissable le rapprochait de tous et le distinguait de tous en même temps*. Et surtout, dans des rais de lumière ou des brouillards d'embruns, il se mettait à ressembler à telle espèce cousine, et, dans cette espèce, à tel ou tel colibri atypique qu'il avait abordé, et qu'il se mettait à refléter dans ce qu'il était, dans ce qu'il faisait, sans corrompre pour autant sa propre nature… Ce phénomène me laissait à penser qu'il s'amplifiait sans fin.

Enfin, de le voir ainsi, curieux de toutes présences, curieux au-delà des nécessités du boire et du manger, au-delà même de toute nécessité, je vivais une bouleversante aventure. Je volais autrement. Respirais autrement. Regardais autrement. M'intéressais autrement à ce qui m'entourait. Mon esprit en dérade s'exerçait autrement. Je mangeais à peine, et je pouvais passer des heures sans rechercher de l'eau. Ce régime affaiblissait mon corps mais il affûtait mon esprit d'une fièvre inconnue. *Hinnk !* J'étais plus libre que je ne l'avais jamais été. Cette exaltation m'empêcha sans doute d'éprouver de l'inquiétude en traversant des traînes de vapeurs d'eau qui s'en allaient des marigots, des lacs et des rivières, qui filtraient des ombres océanes ou du miroir éclatant des vieilles glaces, avec une densité que je n'avais jamais connue auparavant; de même, ces pluies qui semblaient s'en nourrir, et qui menaient d'inexplicables sarabandes avec des vents inhabituels et des nuages en courses rapides. Les arbres eux-mêmes paraissaient moins statiques, je croyais les voir croître, s'épaissir à vue d'œil en certains lieux, ou s'étioler en d'autres tout aussi rapidement; certains semblaient avoir déserté leur berceau pour conquérir des zones nouvelles, ou plus chaudes, ou plus froides, où je n'en avais jamais rencontré dans mes temps de jeunesse. *Jamais, jamais, jamais...* Jamais, je n'avais autant employé ce vocable...

AUTRE MONDE — Le Foufou décida de prendre le chemin du retour de manière aussi imprévisible qu'au moment du départ. Je le vis amorcer une courbe inattendue, quitter les rives, s'élancer au-dessus des eaux immenses. En venant, mon esprit avait pris la précaution de baliser notre vol. Il me fut clair qu'il reprenait en sens inverse la découpe des rivages puis le chapelet de terres flottantes que nous avions suivi. Cette fois, je m'appliquai à modeler mon vol sur le sien. C'était difficile. Nous n'avions ni la même masse, ni les mêmes ailes, ni les mêmes aptitudes. Mais j'utilisais au mieux sa technique pour m'économiser, diminuer l'impact contraire des vents, utiliser la zone plus stable au voisinage des eaux... Je savais maintenant éviter les nœuds coulants d'écume qui pulsaient des abysses. Je savais éviter les dépressions salées qui vous jetaient dans un noyau de forces contraires.

De plus, j'étais content de revenir à Rabuchon... Le retour commença donc avec plus d'aisance que l'aller, mais, *hinnk*, j'ignorais encore que je n'étais pas au bout de mes peines...

Durant l'aller, le Foufou s'était beaucoup frotté aux oiseaux-pêcheurs. Je n'aimais pas ces créatures. Des idiotes, résidus d'écumes et de nuages, et qui passaient leur temps à plonger dans les vagues pour avaler des écailles gigotantes. C'étaient des êtres bruyants, criards, désordonnés. Leur frénésie barbare n'était consacrée qu'à se nourrir sans faim. J'en avais écrabouillé deux ou trois sous mon bec, juste pour voir, et m'étais senti sur la langue un sang salé qui goûtait l'algue et l'iode. Cette pitance possédant l'avantage d'être chaude, j'en avais fait un combustible pour me soutenir les forces. Le Foufou de son côté n'avait pas cessé de les suivre, les poursuivre, les observer, les imiter... Comme il n'allait nulle part et n'était pas pressé, il avait vécu à fond le moindre de ses contacts avec ces agités. Je ne me doutais pas qu'il avait pu en tirer quelque chose... jusqu'au moment de ce retour...

Je le suivais de près quand je vis son vol se briser. Son corps insignifiant périt dans les écumes. Affolé, redoutant un malaise, je le cherchai dans un bouillon des vagues autour duquel quatre-douze oiseaux-pêcheurs menaient une bacchanale. Je tournoyais au-dessus, sans trop savoir quoi faire, quand je le vis jaillir de l'eau en compagnie d'un autre oiseau-pêcheur. Il s'éleva, dégoulinant, éclaboussant, puis plongea de nouveau, bec à la pointe, comme dans l'idée de pêcher quelque chose dans cette immensité. Je le vis ressurgir tandis qu'une gueule s'élevait à sa poursuite, le ratait, retombait sous un lacis d'écume avant de disparaître dans un sillon puissant. Le Foufou plongea une fois encore. Un peu plus loin. Un peu plus vite. Quand il réapparut, yeux grands ouverts, suivi d'une vaste ébullition, je distinguai des créatures oblongues, écailleuses, gueules béantes, qui s'efforçaient de l'avaler avant de retomber. De cette mésaventure, il ne tira aucune leçon. Il plongea et replongea sans fin. Quelquefois, il émergeait sans être poursuivi. Souvent, il n'échappait qu'in extremis au cisaillement de trois rangées de crocs. Loin d'en être effrayé, c'est ce danger qu'il appréciait le plus : feinter ces monstres voraces avant de revenir les titiller encore. Les oiseaux-pêcheurs zieutaient de loin ce qui devait leur apparaître comme une anomalie. Moi, j'étais consterné par ce que je voyais. *Hinnk, quelle en était l'utilité !?* Se mettre en danger, de manière toute gratuite, me remplissait d'indignation.

Mais, au fil de ce manège, j'en advins à l'envier. Il ne pêchait pas. Il conservait les yeux ouverts. Il… *il regardait sous l'eau !* Il voyait un autre monde ou tentait de le voir. En contact avec un autre réel, même au prix du plus extrême danger, il rencontrait des existences qui me resteraient inimaginables. Je me mis à étudier les oiseaux-pêcheurs avec attention. Ceux-là plongeaient à quelques distances du Foufou, et s'éloignaient quand il tentait de se rapprocher d'eux. Rien à y découvrir. C'étaient des êtres obtus. Leur seul crédit était sans doute d'avoir quelques amis dans l'engeance voyageuse, et même parmi les monstres qui infestaient ces eaux. Ouais. Ils savaient déchiffrer la carte des eaux immenses. Ouais. Ils plongeaient comme des maestros. Ouais. Leur bec était précis, habile, rapide, et ouais ils mangeaient sans cesser de voler… La nature leur avait accordé ces adresses au prix sans doute d'une étroitesse mentale, ouais, mais… *ils connaissaient un monde que j'ignorais.* Ils me dépassaient par là. Moi, je les avais méprisés. Le Foufou, lui, avait préféré leur dérober un peu de leurs secrets…

J'eus le plus grand mal à essayer de plonger à mon tour. Mes ailes s'y refusaient. Mes muscles ignoraient ces mouvements. Il me fallut tout inventer. Lorsque je trouvai la folie de me laisser tomber, je ressentis un choc, puis une froidure s'imprégner dans mes plumes, m'engluer d'une poisse lourde, m'entraîner vers l'abîme… Mes yeux demeurèrent clos. Mon bec s'engorgea. Mes ailes eurent du mal à se déprendre d'une succion goulue. Dans un ahan d'angoisse, je parvins à dériver vers la surface, puis à cafouiller un envol éperdu dans une panique d'écume et des cris de chouette folle. Je n'insistai pas.

Distorsions – Quand il ne se consacrait pas à plonger comme eux, le Foufou prenait plaisir à rejoindre les groupes d'oiseaux-pêcheurs qui toléraient sa compagnie. Il n'était pas le seul à les rejoindre. De temps à autre, des vols de migrateurs venaient s'y ajouter et profiter d'un banc d'écailles nourrissantes. Les migrateurs intéressaient le Foufou. Pas moi. Je les trouvais insipides. Mais, pour la première fois de mon existence, je me forçai à les observer sans trop d'a priori. Au-delà de l'étonnante profusion des différences individuelles, ce qu'ils avaient en richesse partagée c'était un maximum de puces et… un regard trouble. Un regard chargé de paysages, de terres, de souvenirs, de magnétismes, de lumières et de cycles obscurs… Les errances incessantes, la compagnie des vents leur conféraient une vision plus large qui leur laissait ces brumes dans le regard. Cette élégance aussi.

Ceux que fréquenta le Foufou au fil de notre retour me semblaient effrayés par des lubies que je ne parvenais pas à comprendre. Dans les cercles de pêches criardes, ils tenaient des propos délirants. Certains tremblaient d'une inquiétude qui leur brûlait l'esprit. D'autres paraissaient épuisés d'avoir volé sans fin. La plupart regardaient autour d'eux avec la crainte de voir surgir de n'importe où n'importe quoi. Quand on les questionnait sur la cause de cette paranoïa, ils évoquaient des falaises de glaces qui sans fin s'effondraient ; ils parlaient d'arbres devenus fous, et qui se mettaient à branler dans le vent ; de vents sans origine sur d'étranges trajectoires… Ils parlaient de saisons déboulées en avance, ou qui tardaient outre mesure, ou qui s'installaient en dérive inconstante hors des vieilles habitudes. Ils parlaient de furies naturelles inconnues des mémoires et qui déroutaient des siècles d'habitudes, au point de donner l'impression que le monde était en train de crier… Les oiseaux-pêcheurs acquiesçaient à grands cris quand ils chevrotaient que les océans perdaient de leur allant, et que leurs pierres vivantes, couvertes d'éponges et d'algues, gîtes de tant d'existences, se mettaient à blêmir, à gémir… Ils parlaient de bras de mer qui s'étaient épuisés, de fleuves incapables d'atteindre aux rives des océans, de lacs qui fermentaient en boues mortes. Ils parlaient aussi de grands déserts qui s'étalaient sur des lieux d'abondance. Ils disaient que des plantes inconnues surgissaient dans des terres jusqu'alors infécondes et glaciales ; et que d'autres, tout aussi inconnues en ces lieux, s'ouvraient dans des terres chaudes. Que des arbres, des insectes, des foules de sédentaires remontaient le fil de certains vents pour se trouver à vivre, et que d'autres descendaient les méridiens en masse. Que des peuples migrateurs de tous ordres tournaient sans fin entre les pôles car ils ne savaient plus sur quels attracteurs se fixer. Que leurs repères étaient brouillés par des tectoniques qui restaient invisibles. Quand ils ne tournaient pas en rond, ils débouchaient en des lieux inscrits dans leurs mémoires, mais ils y arrivaient ou trop tôt ou trop tard, car, au lieu des ripailles attendues, il n'y avait que des sécheresses rampantes, des froids inhabituels, des démesures d'orages, d'inondations et de tornades… Ils se retrouvaient souvent sans fleurs, sans graines, sans insectes, sans rien de ce qu'avait prévu la sapience jusqu'alors infaillible de leur ordre… Les migrateurs déliraient ainsi, et, bien que tout ceci me semblât insensé, le Foufou les écoutait avec grave appétence — sans doute du fait de sa candeur naïve…

Les migrateurs finissaient par reprendre leur vol dans les ordonnances impalpables des vents. Mais je sentais bien que la pointe que formait leur ensemble, et qu'ils suivaient aveuglément, tremblait un peu — comme si la carte des attractions qu'ils déclinaient depuis des millénaires s'était pour de vrai embrouillée…

Le Foufou n'était pas le seul à leur prêter l'oreille. Les oiseaux-pêcheurs les écoutaient aussi avec de chicanières angoisses. Ils criaillaient, eux, à propos de vagues rageuses, hors rythmes, hors temps, qui se soulevaient soudain pour gober des nuages. Ils parlaient de tapis d'algues qui dérivaient sans bruit comme de vrais cimetières. Ils parlaient de vapeurs qui pulsaient de la houle et provoquaient des foudres et des tourbillons sombres. Ils criaillaient le mal qu'ils avaient parfois à retrouver ces populaces d'écailles qui les nourrissaient depuis tant de mémoires, et sur des courbes précises, et qui maintenant dérivaient n'importe où, au gré de goémons migrants et de chaleurs instables. Ils sentaient les océans trembler comme si une part de leur immensité s'était comme affligée…

PÊCHEUR – À force de s'adonner au plaisir des plongeons, le Foufou se retrouva traqué par les choses aquatiques. Ces monstres restaient parfois à la surface pour mieux le suivre des yeux. Quand il s'apprêtait à plonger, ces horreurs disparaissaient dans le profond des vagues pour lui monter des guets-apens. C'étaient de longues formes fuselées, des gueules à géométries variables, bourrées de crocs, des miroitements d'écailles autour d'appendices avortés et d'épaisses queues bifides. Certaines ouvraient des ailes de chair et rebondissaient sur la crête des vagues en poursuivant le Foufou. Elles étaient si nombreuses que je m'amusai à en occire deux-trois. Je saisissais les moins volumineuses dans l'étau de mes serres et les brisais du bec avant de les désarticuler d'une zébrure de la tête. Au bout de quelques réussites, je ne résistai pas au vice de leur prendre une parcelle de chair que je sollicitai de la pointe de ma langue. Elle était d'une matière fibreuse, fadasse et incapable d'exciter l'intérêt bien qu'on la sût vivante. Bientôt, je me surpris à en avaler, non par quelque appétence mais par esprit de raison pour me donner des forces. Pourtant, au fil de ce retour, j'appris à estimer cette chair à goût d'abysses, jusqu'à plonger sitôt que je décelais une trace filante sous l'eau. Je les capturais en plongeant une partie de mes serres et en inversant le battement de mes ailes pour ne pas m'immerger plus avant. À chacun de mes exploits, les oiseaux-pêcheurs vociféraient d'ébahissement. J'exerçais sans le savoir une manière de pêcher. Lorsque j'en eus la perception très nette, mon braillement d'allégresse surmonta le tumulte des vagues : *j'avais appris quelque chose!*

Mon regard déccouvrit comment mieux observer les épaisseurs liquides. Jusqu'alors, elles m'étaient restées opaques, avec parfois des fritures aveuglantes ou des transparences lumineuses, mais le plus souvent ma pénétrance visuelle butait sur des bleutées d'abîme. À présent, je distinguais des fonds d'herbes dansantes, des rochers peuplés de chatoiements et d'existences furtives, des concrétions fixes mais qui semblaient vivantes, et des grouillements à fleur d'écume qui évoluaient d'un seul ensemble comme des essaims d'abeilles. L'eau même me paraissait vivante en habitant ces vies sans nombre qui l'habitaient. Il y avait là autant de plénitudes ardentes que dans les coins et les recoins de Rabuchon.

Au bout de deux saisons de ce vol de retour, je me surpris à savourer ces créatures que je sortais de l'eau, gigotantes sous mes serres. Le Foufou jaillissait de dessous la surface avec le bec vide, et ne se préoccupait jamais de mes exploits. Maintenant, presque autant que lui, je frôlais les vagues, éprouvais leurs creusements, remontais ces murailles frissonnantes qui leur servaient de flancs, captais leur énergie pour conforter la mienne. J'examinais à présent ce paysage liquide avec les clairvoyances d'un vieil oiseau marin. J'étais devenu un monstre pêcheur et bien content de l'être. Le Foufou, je le savais, aurait aimé pouvoir pêcher comme ces bêtes criardes. J'avais réussi là où il avait échoué. Sans doute avait-il essayé, à maintes et maintes reprises, avant d'admettre que cela lui était impossible. Mais je réalisai soudain qu'il n'en avait nourri aucune amertume, aucun regret. Qu'il avait juste continué à plonger en s'exerçant à vivre une énième découverte. En refaisant le compte de ce que j'avais observé de lui, je fus contraint d'admettre ceci : tous les impossibles auxquels il s'était confronté s'étaient transmués pour lui en une sorte… d'*expérience*. Là encore, il avait transmuté un manque, une lancinance, une faiblesse, en un ajoutement qui s'en allait rejoindre un vaste faisceau d'acquisitions. Et ces acquisitions étaient tissées d'autant d'échecs que de victoires. Du coup, ma victoire me parut insipide. Moi, ô vanité laborieuse, j'en étais encore à compter des victoires…

Je ne perdais pas le Foufou des yeux. Nous volions en grande lumière ou en pleine ombre. Il lui arrivait de se poser sur des mâts de bateau, des ailes blanches de voiliers, ou sur des choses flottantes, débris, esquifs, bancs sableux orphelins… Une fois, je le vis se poser sur un de ces containers qui s'entassent d'habitude sur les ports de Nocifs. Il dérivait de biais en présentant un de ses angles au ciel. Délaissant tout repos, le Foufou se mit à tâter d'un bec curieux la surface d'acier, à en explorer avec avidité l'angle boulonné qui émergeait de l'eau. Je me posais à mon tour sur un tronc filandreux, chevelu d'algues et de vieux coquillages, qui dérivait aux alentours. Là, je le regardais en profitant d'une détente de mes ailes. Même si ces temps derniers j'avais eu tendance à me rapprocher par crainte de le perdre, je gardais toujours avec lui une distance appréciable. Nous n'avions aucun contact direct, aucune proximité, aucune familiarité. Il ne regardait jamais dans ma direction. Nous étions entrés dans une complicité distante, sans signes, informulable, informulée, qui n'était jamais alimentée par lui, juste tenue à flots par mon obstination. Quand nous reprîmes l'envol, il ne s'était pas reposé une seconde. Pour me consoler, je me répétais tout le reste du chemin que j'étais une lourde puissance, des muscles et du sang bien épais, alors que lui n'était qu'une virgule d'existence, une paille, un atome, facile à soulever, facile à maintenir en vol sans véritable effort…

Asphyxies – Soudain, je le vis quitter la proximité des grandes eaux, et se mettre à monter, à monter, à monter… Il trouva bientôt des spirales ascendantes et s'y jeta pour s'élever encore dans le sans-fin du ciel. Je le suivis sans attendre. Je me retrouvais plus à l'aise. Dans ces grandes goulées d'air, bien nerveuses et bien sèches, mes ailes pouvaient donner à plein, même si l'industrie chaotique des vents se révélait pénible. Je crus qu'il allait s'arrêter à hauteur raisonnable et se mettre à planer sans trop fournir d'effort pendant une bonne saison. Mais lui montait, montait encore…

Il parvint bientôt au-delà des nuages, dans cette stase silencieuse et glaciale sur des moutonnements pâles. Et… *il monta encore!*

Je le suivis sans désemparer, dans une bouffée d'orgueil, jusqu'à ce que je me sente mal. Mes ailes peinaient à trouver une assise. L'air était glacial et brûlant. Absent. J'avais du mal à respirer. Il fallait plus de frappes à mes ailes pour m'assurer un équilibre. Lui, montait, montait encore. Je montai à sa suite en pleine rage vaniteuse. Nous nous retrouvâmes à des altitudes que je n'avais jamais atteintes. Le Foufou avait infléchi la verticalité de son vol et poursuivait en oblique à cette hauteur vertigineuse. Je percevais une volonté qui lui jaillissait de toutes les pointes de sa silhouette. Cela dura bien presque une saison de la punaise patate.

Soudain, je me sentis envahi d'étrange fièvre, comme d'une faiblesse. Je respirais mal. Quand j'inspirais à fond, je ramenais plus de vide que d'air. Mon esprit s'était mis à flotter comme s'il avait été enivré par ces alcools de fruits que les merles fous adorent. Je crus voir des formes étranges. Des rythmes inhabituels. Je crus entendre aussi une vaste musique tombée des voûtes du ciel. Tout m'apparaissait dans des accentuations extrêmes, des troubles de chaleur, des vivacités aveuglantes. Le Foufou redescendit bientôt vers un air respirable. Je décrochai sans attendre et tombai jusqu'au couloir qu'il remontait alors. Je crus que c'en était fini de ce cirque quand il recommença dare-dare…

Au troisième séjour dans l'extrême des hauteurs, je compris ce qu'il avait découvert. Le manque d'air, l'altitude, associés à la faim, transformaient les alchimies de notre cerveau et modifiaient nos perceptions. Ils les exaltaient dans une ivresse qui à son tour démultipliait tout. Une bonne part du voyage de retour se fit dans ces états seconds. Ce n'était ni voir, ni toucher, ni goûter, ni entendre, ni sentir. C'était une autre perception. À la fois floue et intense, vaste et précise, consciente et inconsciente. Cette puissante totalité sensible me faisait exploser l'entendement. Parfois, je ne sentais plus mon corps. D'autres fois, je ne sentais que cela. Je savais que le Foufou éprouvait la même chose que moi. J'aurais voulu me soustraire à cette épreuve, mais je m'obstinai pour tenter de comprendre ce que faisait l'insignifiant. Il devait y avoir une raison. Je réalisai bientôt que, dans le défilement des étendues et profondeurs, *je ne sentais plus de fatigue*. Ce curieux état nous permettait d'échapper aux fourbures du retour, aux soucis de la distance à vaincre, aux pesanteurs du temps dans le muscle des ailes. Aujourd'hui, après toutes ces années, je peux dire que c'est cela qui nous sauva d'un épuisement total. Je me mis à voler volontiers dans cette béatitude éblouissante, à y coordonner le mouvement de mes ailes jusqu'à les oublier, à tout oublier de moi-même dans une absence au monde qui relevait d'une vaste manière d'y être, sensitive et réelle, et tout autant inconcevable.

Malgré cet étrange état, j'eus pourtant le choc de mon existence. Je m'étais rapproché du Foufou, qui volait dans le même éblouissement que moi. Et, sans savoir ni pourquoi ni comment, mes yeux se remirent à voir et… *je le vis.* Ce fut sans doute cette inattendue proximité avec lui qui avait éveillé une part de mon esprit. Je vis ses yeux dans un étourdissement, non parce que ce fut la première fois que nos regards se croisèrent, mais parce que je perçus dans ses pupilles le même éclat, la même *activité* que j'avais découverte chez son ami Nocif, et chez le reste de cette engeance.
Il avait presque *des yeux de Nocif* !
Ou des yeux de grand aigle !
Ou des yeux de…
J'ignore si cette même activité avait surgi dans mon regard, mais cette découverte me troubla si profondément que je m'éloignai de lui le cœur battant, et retrouvai bien vite cet état extatique qui était le seul possible à une telle altitude. Et il se produisit un autre phénomène

dans mon esprit exalté, comme emporté dans la combustion d'une flamme vive…

Je vis mon Alaya.
Je la vis très distinctement.
Ce qui n'avait été pour moi qu'une obscure et terrible démone, était en fait une ancestrale mémoire, une puissance de cheminement venue du plus lointain de mon évolution dans la tresse insondable du vivant. Elle m'avait toujours paru obscure mais… *c'était une lumière.* Elle était faite de lumière et d'obscurité pleine, de mort sans fin et de vie éternelle, de tout le passé possible, de tout le présent, de tout le vivant. De la voir ainsi me donna le sentiment de tout comprendre, de tout savoir, de tout deviner sans rien pouvoir exprimer ni même formaliser. C'était une vaste expérience, toute dense et pleine d'elle-même.

J'en fus tellement désarçonné que j'entrepris de redescendre. C'est alors que le vol du Foufou se cassa ! La virgule qui lui servait de corps tomba comme une pierre. Je crus qu'il s'agissait d'une de ses facéties, mais il semblait vraiment inerte dans la chute. Ses ailes ballottaient contre son corps, comme dénouées de tout muscle, et ses paupières étaient fermées. Il avait sans doute été foudroyé par le manque d'air, le froid, la fatigue et l'extrême altitude. Je plongeai serres en avant pour l'intercepter et éviter qu'il ne s'écrase dans les grandes eaux, à portée de gueule des monstres qui rôdaient sous l'écume.

Je me rapprochais en réfléchissant au moyen d'utiliser mes serres sans le broyer. Il ouvrit tout à coup ses ailes et, après une volte, il se mit à planer de manière admirable.

Je ne l'avais jamais vu planer ainsi. D'ailleurs, jamais de toute mon existence, je n'avais vu une créature planer de cette manière. Ses ailes semblaient élaborer le vent qui lui était nécessaire. L'air majeur, les spirales tièdes, les souffles tourbillonnants, les filets de nuages s'étaient transformés en une matière soyeuse qui le portait, le transportait, le prolongeait sans fin, sans à-coups, dans une lenteur et une économie stupéfiantes. Son vol dégageait la plus extrême sérénité, bien au-delà de celle que j'avais pu retrouver sous la paupière du plus vieux des grands aigles.
Passé la surprise, mon cœur se serra.
Le Foufou avait ramené quelque chose des hauteurs qui m'était resté inaccessible. Il avait su capitaliser une expérience que je n'avais pas su seulement envisager. Le regarder maintenant me donnait le sentiment de contempler une sapience vivante. Comme un précepteur d'existence : un esprit qui savait tout des mystères de la vie, de la souffrance, du plaisir, du bonheur, de la mort.

Je volai auprès de lui durant trois saisons de nuages, d'obscur et de lumière. Attentif au prodige de son vol, je ruminais le sentiment que mes ailes étaient bruyantes, lourdes, poussiéreuses, et je m'en lamentais à chaque contraction de mes terribles muscles. Mais mon Alaya m'avait réinvesti de sa manière ancienne. Elle me remplissait à nouveau de sa force sans partage. Je la sentais obscure en moi et la lumière sous laquelle elle m'était apparue n'appartenait plus qu'aux lointains souvenirs. Je m'ingéniai à me réinstaller en elle et retrouver un peu de certitudes. Tandis que les sommets de Rabuchon se dessinaient entre les nuages, je me disais (sans pour autant me consoler) : *L'Alaya ne lit pas en lui, il ne lit pas dans l'Alaya !...*

Et je me disais encore : *Hinnk, lui, il n'est rien car l'Alaya ne lui donne rien et il ne donne rien à l'Alaya !...*

LES MERLES FOUS – Nous tombâmes en pleine guerre. Colibri avait tellement persécuté les existences migrantes avec ses escadrilles que sept peuplades de merles s'étaient révoltées. Ils étaient venus par milliers réclamer leur droit d'entrer dans Rabuchon. Ils avaient soif. Ils avaient faim. Ils avaient peur d'on ne sait quoi. La Terre, disaient-ils, appartenait à tous, et ses provendes aussi. La bataille faisait rage. Les escadrilles de colibris, et Colibri lui-même, constituaient des soldats redoutables. Ils crevaient les pupilles, transperçaient les cloaques, perforaient des ventres, provoquaient des paniques hurlantes dans des éclats de plumes. Pour en abattre un, les merles devaient se liguer à trente-douze et couvrir leur proie d'une volée de coups de becs qui finissait par l'abattre comme un fruit-à-pain mûr.

Sitôt son arrivée dans le ciel de Rabuchon, le Foufou fut assailli par une bande de merles fous qui s'étaient joints à la marée des autres. C'étaient des merles qui passaient leur temps à se nourrir de mangots-bassignacs. À force de les soûler, ces fruits fermentés, gorgés d'alcool, emportaient l'essentiel de leur peu de raison. Les merles fous étaient d'une violence insensée qu'ils déversaient sur n'importe quoi, n'importe qui, n'importe quand, au fil de leurs errances désordonnées et incessantes. C'étaient les plus dangereux car leurs démesures étaient imprévisibles. Je m'apprêtais à voir le Foufou les affronter, mais il se déroba, les évita d'une manière très calme, puis les sema avec juste la fulgurance de son vol et de ses tourbillons. Je me demandais d'où lui provenait cette énergie après un tel voyage. Les merles s'écartaient devant moi, et me laissaient passer avec respect. Plutôt que de rejoindre mon aire, je restai à tournoyer au-dessus de la bataille pour mieux guetter la conduite du Foufou et sans doute — sans me l'avouer — lui éviter une mort lamentable.

Colibri dirigeait les combats. Ses troupes se voyaient débordées. Les merles n'avaient aucun principe, aucun ordre, pièce logique. Il lança quelques appels de mobilisation au Foufou qui sembla ne rien entendre. Ce dernier traversait le désordre des combats d'une aile tranquille, en se contentant d'éviter les mêlées très violentes. De nombreux colibris l'injurièrent et le traitèrent de lâche. D'évidence, il refusait de se mêler à cette guerre et se posa dans son domaine de broussailles rabougries comme si de rien n'était.

Je compris que ces centaines de merles n'étaient pas ordinaires. Ils étaient pour une raison inconnue pleins de fureur et de dérèglements. J'avais de la difficulté à distinguer les merles fous des autres. Même blessés par les vaillants colibris, ils continuaient de se jeter sur toutes les existences. Une bande d'entre eux repéra le Foufou posé sur ses broussailles et se focalisa sur lui. Je me rapprochai, prêt à intervenir. Le Foufou les évita et se mit à les fuir dans Rabuchon. Ils le poursuivirent en criaillant des horreurs que je ne pouvais comprendre. Je vis les colibris satisfaits de voir le Foufou être ainsi poursuivi, et en même temps furieux qu'il se contente d'éviter sans réagir ces furies lamentables. Rabuchon criait au déshonneur. Soudain, le Foufou opéra une volte stupéfiante et fondit sur la bande folle en poussant son incroyable stridulation. C'était devenu quelque chose que je n'avais jamais entendu dans sa gorge, ni dans celle d'un quelconque colibri, ni même dans celle d'aucun oiseau connu. Les merles fous, tétanisés, s'égaillèrent comme des poules. Ils se mirent à voler de travers. Leur équilibre était devenu chaotique comme s'ils avaient été percutés à la tête. Une ovation de triomphe explosa Rabuchon.

Quand la bande put récupérer un reliquat d'esprit, elle se rassembla pour assaillir le Foufou. Les merles, vexés par ce qui s'était passé, se joignirent à elle en oubliant tout le reste. Colibri, ravi de l'aubaine, fit replier ses troupes, et s'amusa d'avance de voir le Foufou massacré par les hardes d'agresseurs. Une nuée barbare convergea vers le petit paria et se mit à le poursuivre mais sans pouvoir le rattraper. Colibri et les siens ricanaient. Le Foufou fuyait mais dans un calme insolite. Il prenait plaisir à effectuer des déraillements obliques qui désarçonnaient la nuée, la projetaient à gauche, à droite, la forçaient à s'égailler comme une touffe de fourmis. Les merles, changeant de tactique, se mirent à l'encercler avec un semblant de méthode. Ils étaient si nombreux que le Foufou se retrouva assiégé, en haut et en bas, et de tous les côtés. Mes serres se raidirent quand je les vis foncer d'un seul ensemble sur lui. Mes ailes se déclenchaient déjà quand il poussa une nouvelle stridulation qui brisa l'arc de la nuée dans un désordre de vertiges et de peur. Mais elle se reconstitua très vite et lui tomba dessus. Le Foufou se contentait d'éviter les coups, ou de les amortir, mais à aucun moment je ne le vis riposter ou s'opposer du bec. Il se dégagea trois ou quatre fois, et trois ou quatre fois ils lui tombèrent dessus avec haine et fureur.

J'entrai alors dans la bataille.
Mon Alaya avait hurlé.
Je plongeai dans la nuée de merles fous en jouant des serres et du bec avec un plaisir jamais atteint jusque-là. En quelques instants, il n'y eut plus un merle de vivant. Leurs corps déchiquetés parsemaient Rabuchon. On en retrouvait dans les feuillages de mahoganys, les lisières d'hibiscus, le champ de bananiers. On en retrouvait même sur les pentes où les Nocifs s'étaient massés pour goûter du spectacle. J'en avais avalé des dizaines et leurs duvets ensanglantés flottaient dans les vents bas. Les existences de Rabuchon me regardaient. Tous étaient effrayés par cette violence impitoyable. Ailes grandes ouvertes, spectre enflammé de puissance, je tournoyais sans fin, poitrail retentissant de tous mes cris de guerre.

Colibri et ses sbires s'étaient serrés un peu partout. Je ne sentais plus que leurs yeux apeurés. Le seul à oser demeurer en vol, à quelques hauteurs au-dessus de moi, fut le Foufou. Il planait tranquille et ne me regardait pas. De le voir empreint d'une telle sérénité, me dégrisa. Le rouge de mon Alaya s'estompa et je fus envahi par la honte.
Je n'étais qu'une brute.
Un massacreur.
Un possédé de sang et de violence.
J'avais fait très exactement, avec beaucoup de plaisir, ce que le Foufou avait voulu éviter, et *qu'il avait su éviter.* Je regagnai mon aire et conti-

nuai de l'observer tandis qu'il planait au-dessus du désastre. Je pouvais lire ce que disait son vol. Il ne donnait aucune chance aux parties sombres de l'Alaya en lui. Il ne lui cédait rien. Il se maintenait hors d'atteinte, quel qu'en fût le prix à payer.

Ma vanité et mon secret désir de montrer ma puissance avaient pris le dessus. Je m'étais vautré dans le sang alors que le petit… maître… au prix de sa vie, avait su repousser en lui les esprits animaux, les démons et les bonds du barbare imbécile qui vit en chacun de nous sous la férule de l'Alaya. Je m'enfonçai dans mon aire, en proie au plus grand trouble, en compagnie de la honte et de l'amertume. J'étais triste de ne plus être en accord avec ma vraie nature, ma sauvagerie de prédateur, et je passai la saison des chenilles du laurier à regretter le temps des souveraines inconsciences…

La mort lente – Je me sentais mal. J'avais le ventre qui grouillait et les plumes un peu ternes. J'avais perdu de l'entrain. Mon regard, bien des fois, se troublait. Je n'eus aucun mal à comprendre que cet état provenait de ces merles fous que j'avais avalés. Ils étaient malsains. Leur être était malsain. Leur chair, leur sang n'avaient rien de la saveur sauvage qu'offre la vraie santé. Je gardais un œil sur le Foufou. Mais à chaque fois, la honte me submergeait. Je me tenais au loin de son domaine en m'efforçant de relancer mes habitudes de prédateur.

Seulement mes chasses ne donnaient rien. Les gibiers étaient rares. Rabuchon ne me transmettait plus ce frémissement de vies capté sitôt mon arrivée et maintenu intense durant tant de saisons. Rats, crabes, tortues, volatiles de passage étaient devenus des événements. Je mangeais au petit hasard des chances et des déveines. Il me fallait parfois battre les mornes durant toute une saison de la fleur des bananes pour trouver une pâture. J'étais contraint de rejoindre les grandes eaux pour frapper ces créatures salées qui rôdaient dans les vagues. J'en fus réduit à lorgner du bord des basses-cours de Nocifs. Pintades, oies, poules et poussins y grattaient la poussière, fourrageaient dans les herbes, offraient leur insouciance. Mais, si je le fis une fois, je renonçai à cette folie : s'en prendre aux Nocifs accélérait la venue de la mort foudroyante qui surgit de nulle part. Au fil des saisons, je m'affaiblissais. J'eus même le sentiment que l'eau des sources de Rabuchon (cette merveille de fraîcheur) m'affaiblissait les ailes. Je voulus croire au contrecoup des fatigues du voyage, ou à l'amoindrissement sénile de mon cerveau. Parfois, je simulais l'entrain en déployant ma majesté au-dessus de Rabuchon. Mais le cœur n'y était pas. Mon public délaissait ce spectacle. Une insidieuse torpeur cintrait les existences.

La chasse devint si maigre que je me rabattis sur les cadavres de merles, de rats, de crabes, de manicous que je dénichais dans les broussailles ou sous les plants de bananes. Je me délectais de cette chair putréfiée qui fondait sur la langue. Cela augmentait ma faiblesse et ne suffisait pas à me calmer. Ma fringale devint si permanente que je me mis à pourchasser tout ce qui bougeait et que j'avais jusqu'alors méprisé : choses fades, choses d'ombres, choses grouillantes, choses chitineuses, choses sans craquement sous le bec, choses à goût de sève, de terre, de roche, ou choses à goût de rien… Victime d'une frénésie, j'avalais aussi des choses que je ne sentais même pas dévaler mon gosier. J'avalais tout mouvement, toute faiblesse, toute impotence, comme si pour conjurer la déveine il me fallait sacrifier l'insipide inutile.

Depuis l'attaque des merles fous, Colibri avait réorganisé ses escadrilles, démultiplié les guetteurs. Mais ces derniers n'avaient pas grand-chose à faire : plus d'oiseaux de passage, plus de migrateurs, plus de tourterelles, de pigeons ou de grives, plus de sarcelles, plus d'allées-venues de tous modes de bestioles comme au bon temps de Rabuchon. Cette léthargie était tellement inhabituelle que Colibri, désarçonné, en oublia d'agresser le Foufou ou de le forcer une fois encore à s'en aller aux vents errants. Pourtant, j'avais beau tournoyer, scruter le moindre coin de mon domaine, tout paraissait normal. Tout était à sa place. C'était la vie seule qui s'était ralentie comme aux saisons des pires carêmes. C'est la vie pleine qui hèle la vie, et la vie faible de Rabuchon n'appelait que l'absence.

Je n'étais pas le seul à m'en apercevoir. Rares étaient les merles qui s'étaient de nouveau installés par ici. Rares étaient les sucriers, les cicis, les coulicous-manioc, les carouges et pluviers ; et les colibris quittaient les lieux de lumière en lumière. La proliférante tribu de Colibri se réduisait de manière invincible. Pas une lumière sans que je l'entende menacer, exhorter, condamner, les couples qui s'en allaient...

Il faut dire que j'en avalais de plus en plus souvent. Je leur en voulais secrètement d'avoir laissé le Foufou se débrouiller tout seul avec les merles fous. Je leur en voulais de ne pas être capables de comprendre que ce petit bizarroïde était un être étonnant ; qu'ils auraient dû l'honorer au lieu de le persécuter. Colibri, découvrant mes attaques, avait organisé une résistance. Des guetteurs ceinturaient ma plate-forme et déclenchaient l'alerte au moindre de mes vols. Des escadrilles m'accompagnaient à bonne distance. Parfois, elles opéraient des assauts d'intimidation et rompaient l'affrontement sitôt que je secouais une aile. Je me sentais trop mal, trop abruti de faim, pour leur accorder une considération.

Souvent, sur une feuille de bananier, une broussaille, parfois même sur le sol, je trouvais des colibris languides et bien des bestioles fiévreuses, abouliques, sans grande vitalité. Je ne me gênais pas pour les gober d'un seul tenant avec la conviction de mériter leur gratitude.

C'est auprès d'un de ces corps souffrants que je rencontrai le petit maître. Je ne l'avais pas vu de si près depuis bien des saisons. Il observait un sucrier qui gigotait au sol. Incapable de reprendre son envol, le piteux sautillait sur place, poussait des cris inquiets. Je m'étais rapproché pour mettre fin à ses souffrances quand je découvris le Foufou en train de l'observer. Je connaissais ce regarder aigu, cette capacité à s'investir sans limites apparentes pour étudier un phénomène. Cela m'alerta. Je retrouvai d'un coup ma bonne vieille vigilance. Dès lors, je repris mon observation du petit maître et ne le quittai plus d'un quart de demi-plume.

Colibri ne disposait plus d'un assez de soldats pour contraindre le Foufou à rester dans son coin. Ce dernier avait donc repris ses incessantes explorations. Les oiseaux geôliers (qui n'étaient plus que dix) n'avaient ni la force ni l'envie de le poursuivre longtemps. Ils rejoignaient bien vite quelque ombrage, l'abandonnant à ces occupations qui leur restaient inexplicables. Le Foufou examinait tout : les broussailles, les arbres, les bananiers, les herbes folles… Il pénétrait les ombres où glougloutaient les sources. Il sillonnait les icaques, les goyaviers, les piquants des campêches. Il visitait les coins à coccinelles, à fourmis, à crapauds et à crabes… Le domaine des araignées n'était plus qu'une ruine poussiéreuse. Nombre d'entre elles avaient tout bonnement disparu. Les proies qui se prenaient encore dans leurs haillons grisâtres ne le devaient qu'à de subits malaises. À chaque tour et détour, se découvraient des reliques de libellules, papillons, mouches-à-miel, résidus de petits corps décharnés, pourrissants, que les fourmis elles-mêmes, déjà bien mal en point, n'essayaient pas de charroyer. Je le vis suivre des exodes de punaises, escorter des convois de ravets, s'attarder au-dessus des fuites tragiques de vers de terre… De nombreux vides témoignaient des absences massives. Plus de nuées de yenyens. Plus d'essaims de moustiques. Plus de bandes d'anolis. Plus de bête-à-bondieu et plus de coccinelles… Lui, qui d'habitude s'ébattait dans les fleurs avec ses cliques d'abeilles, errait maintenant bien seul, et affligé, entre des fleurettes tout aussi avortées que celles de son domaine. De le suivre ainsi m'ouvrit l'oreille aux silences insolites. D'habitude, Rabuchon était un ouélélé de chants et de cris de mille sortes. En subsistait une rumeur sourde entrecoupée de pointes lancinantes et de vides qui s'étendaient comme des taches d'huile. Les coulées d'alizés diffusaient par à-coups un chuchotement lugubre dans les herbes cabouyas…

Le petit maître s'en vint à la rencontre d'un colibri qui voletait malement. À bout de forces, l'infortuné s'échoua dans une touffe de campêches. Il le rejoignit et demeura à ses côtés durant les deux instants où il dut convulser avant de se figer. Le Foufou, très affecté, vola en lentes spirales au-dessus de son corps. Une roucoulade incertaine lui sortait du gosier. Moi, à quelques mètres de là, malgré mon horrible fringale, je n'eus même pas l'envie d'avaler cette dépouille. Une angoisse. Sans doute un vieux pressentiment. Le petit maître observa la macabre découverte longtemps longtemps longtemps… Je fis comme lui. Le cadavre conservait quelques belles plumes. Il n'avait plus de corpulence à force de maigreur. Aucune blessure n'était visible. Comme pour tant d'autres, ce décès relevait d'un mystère. Le Foufou s'éleva à quelques mètres encore et regarda autour de lui en vibrionnant d'une manière sinistre. Je réalisai alors qu'une mort lente et profonde était tombée sur Rabuchon…

EFFONDREMENTS — Le Foufou n'en finissait pas de voleter autour des fleurs. Elles avaient perdu de leur éclat, beaucoup avaient éclos sous une déformation. Qu'elles se trouvent dans des plantes, des broussailles ou des arbres fruitiers, elles étaient beaucoup moins nombreuses que d'ordinaire. Très peu d'animation se tenait autour d'elles. Les entrelacs de leurs pétales ne semblaient plus abriter de squatters. Aucune fourmi ne sillonnait leurs tiges. Leurs vies commensales s'étaient tellement réduites qu'elles inclinaient la tête comme des veuves sans futur.

Le Foufou les approchait de près, inspectait leurs corolles, se reculait en effectuant des boucles d'émotion. Pas besoin d'y aller pour les deviner envahies de minuscules dépouilles. Les fleurs étaient devenues de petits cimetières, tant pour d'anciens locataires que pour ceux qui d'habitude les hantaient avec bel appétit. À mesure de ses déplacements, les boucles d'émotion du Foufou se faisaient incessantes. Les cadavres d'insectes gisaient dans les failles et les moindres interstices. Pour la première fois, je vis sa sérénité s'altérer comme une eau dérangée. Cela me troubla tant que mon Alaya s'éveilla avec force. *Fuir! Fuir! Fuir!* Une angoisse millénaire me tarauda les os. Des souvenances hors d'âge remontèrent alors du profond pour instruire mon esprit. Je me mis à trembler sous une glaciale invasion mémorielle : cette mort massive, je la connaissais bien…

Ma lignée l'avait connue sous bien des formes, dans les strates immémoriales de tous les temps. Des souvenirs (qui n'étaient pas les miens) me montraient des stupeurs similaires… En tous lieux, en tous temps, toutes époques… Des sécheresses brusquement éternelles… Des eaux massives qui noyaient le visible durant trop de saisons… Des neiges invincibles et des souffles de glaces qui ne s'en allaient plus sur des générations… Ou alors des usures insidieuses, profondes, apparues n'importe où, et qui décomposaient des paysages entiers jusqu'à désolation…

Je vis défiler des effondrements d'une extrême lenteur, puis soudain foudroyants, qui entraînaient la perte de bien des existences, par milliers, par millions… Je vis des peuplades de Nocifs triomphants, de majestueuses colonies d'oiseaux, et toutes sortes d'existences au faîte de leur éclat, qui, soudain sans raison, partaient à la dérive tandis que leur entour changeait à grande vitesse… J'en percevais les échos dans les alvéoles les plus inaccessibles de mon Alaya, et des dizaines de signes se révélaient autour de moi…

D'abord, ce hoquet au souvenir des complaintes délirantes des oiseaux migrateurs… ! *Ils avaient donc vu de ces choses pour de bon… !* Et puis ces étrangetés obscurément perçues au fil du grand voyage… Et puis ces coups au cœur, tandis que mon esprit ramenait en lumière le Rabuchon de mon arrivée… Où étaient ces guêpes rouges qui construisaient leurs ruches à l'aplomb des branches fines ? Où étaient ces punaises puantes, ces libellules filiformes, ces moucherons de soleil, ces cafards sombres qui pulsaient de la terre, ces grosses noctuelles qui n'aimaient que la lune ? Qu'étaient devenus ces papillons jaunes qui couvraient les savanes ?… Et ces tortues-molokoy qui hantaient la rivière ?… Avaient-ils disparu sans que je m'en rende compte ?…

Je les cherchai longtemps. En vain. *Hinnk !* Ici, des existences s'étaient effondrées par milliers, en silence, en sourdine, au fil inarrêtable des saisons, et nul n'en avait eu conscience ! Ce que le Foufou découvrait dans chaque parcelle de Rabuchon s'était amorcé sans doute depuis des lustres. Une accélération causée par on ne sait quoi nous révélait l'invisible désastre. Malgré mon infinie puissance, cette mort massive et mystérieuse me fit trembler…

3. L'océan de lumière

Enquête — Ma première réaction fut de vouloir quitter cet endroit au plus vite comme l'ordonnait mon Alaya. Ma chance fut de rester auprès du petit maître. Sa sagesse saugrenue et fofolle me rassurait. Il avait commencé à s'inquiéter du phénomène. C'était rassurant de le voir essayer de comprendre, avec cette acuité qu'aucun d'entre nous n'était capable de mettre en œuvre. Colibri lui-même avait senti planer l'haleine froide de la mort. Il avait perdu de sa magnificence. Malgré son activisme autoritaire, il restait démuni devant la lente catastrophe. Il volait peu. Entouré de gardes, de commissaires et de fidèles, il se contentait de parer aux urgences et de zieuter le Foufou avec une animosité ouverte, mais il ne disposait plus des moyens de lui barrer la route ou de le tourmenter.

Ce dernier n'arrêtait pas de scruter les fleurs, de les bouger de l'aile avec méfiance. Je finis par comprendre. Il craignait qu'elles ne soient responsables de ces morts massives. Je pensai aux poussières de leurs farces. Était-ce en fait une sorte de poison ?!... Non. Impossible. Elle avait accompagné les hautes splendeurs de Rabuchon... Le petit maître parvint, me semble-t-il, à la même conclusion. Les plantes à fleurs étaient tout autant victimes de cette mort insidieuse. La plupart se fanaient avant l'heure ; certaines vivotaient sans éclat ; d'autres étaient décapitées au moindre vent et leurs pétales jonchaient le sol. Quant aux arbres, ils perdaient leurs maigres floraisons sans être capables d'imaginer des fruits. De lumière en lumière, l'affadissement des existences à fleurs m'était plus évident. Les bananiers seuls demeuraient florissants, mais ces grosses herbes, alignées, garde-à-vous, très souvent parfumées d'une chose nauséabonde, faisaient l'objet de sept-douze attentions de la part des Nocifs. Elles ne semblaient même plus appartenir au monde.

Le Foufou se mit à suivre quelques abeilles qui voletaient encore, de-ci de-là, autour des fleurs. Les observa longtemps, avec suspicion, comme si elles avaient transporté de la mort dans leurs ailes, pour la transmettre à leurs pauvres hôtesses au moment des visites. Mais bien vite, il en trouva de terrassées dans les fleurs elles-mêmes, dans les herbes, sur les feuilles... La plupart des abeilles survivantes n'exhibaient qu'un vol chancelant. Et tout comme moi, il les voyait quelquefois s'en aller par centaines vers le grand horizon — s'en aller à plusieurs mais sans se mettre ensemble — avec le vol sans fioritures qu'utilisent ceux qui partent pour ne plus revenir.

J'éprouvais à tout instant de terribles impulsions pour m'enfuir de là. Mon Alaya continuait de sonner son tocsin mémoriel. Mais je trouvais la force de rester. Le petit maître était calme, attentif, déterminé. Il voulait comprendre. Il avait *décidé* de comprendre. Sa sérénité impérieuse, et pourtant si légère, me donna le courage de l'accompagner. D'ailleurs comment aurais-je pu me comporter avec moins de hauteur en conservant un peu d'estime pour moi? Et puis il y avait autre chose. *L'« activité » que j'avais découverte dans ses yeux m'était devenue plus évidente.* J'exagère sans doute, mais — dans mes rêves d'alors, et dans mes souvenirs embrouillés d'à-présent — elle brillait comme jamais elle n'avait brillé dans les yeux d'un Nocif. Je percevais les éclats de ses sens en éveil, et de bien d'autres vigilances sensibles qu'il s'était développées de lui-même et dont il était impossible de deviner l'usage.

Ses investigations intriguaient tout le monde. Les yeux et les silences restaient fixés sur lui. Il commençait sitôt la grande lumière et s'arrêtait à contrecœur au moment de l'obscur. Parcelle après parcelle, il scrutait Rabuchon. Comme il était le seul à tenter quelque chose, chacun, par un curieux phénomène, s'en vint à espérer qu'il comprenne ce désastre. Cette attente générale et anxieuse en faisait un point de considération plus ou moins respectueuse. Cela contraria Colibri qui retrouva une partie de sa hargne. Il réorganisa son administration pour dépêcher quelques-uns de ses sbires afin de ridiculiser le Foufou et l'expulser dès que possible. Ce dernier se contenta de les éviter, voire de les épuiser, vu qu'ils n'avaient plus l'énergie de le traquer longtemps. Mais à l'énième de leurs assauts, le petit maître réagit avec une détermination vive. Non seulement il utilisait son incroyable stridulation, mais il giflait ses plus proches assaillants du battement de ses ailes. Cette riposte leur infligeait de tournoyants vertiges. Quant à son bec, de coups-de-manchette en estocades, de feintes claquantes en froissements crépitants, il se muait tour à tour en sabre ou en fleuret, ou les deux en même temps. Les sbires finirent par s'en éloigner dans une piteuse confusion. Dorénavant, et malgré les énervements de Colibri, ils refusèrent de s'en rapprocher. Ce dernier (par ailleurs submergé de tracas) cessa de vouloir l'expulser et se contenta de faire épier ses agissements par une escorte des plus visibles, histoire de lui rappeler qui demeurait le chef de ce niveau de Rabuchon.

SACRILÈGES – Le petit maître n'en finissait pas de découvrir des restes d'abeilles, de mouches, de guêpes, de vonvons… Les plus nombreux gisaient au pied des fleurs qui elles-mêmes n'étaient plus très vaillantes. Il les trouvait aussi en semailles au pied des bananiers. Le Foufou les examinait sans fin, les retournait du bec, les reniflait à la manière d'un chien, les fixait d'un œil puis de l'autre, dans des mouvements de tête à tout le moins comiques. Je ne parvenais pas à comprendre l'intérêt de scruter ces cadavres mais, en ce qui concernait le petit maître, j'avais appris à suspendre mes jugements…

Colibri, de son côté, n'en finissait pas de pousser des trilles de désapprobation. Manipuler des cadavres était une obscénité. C'est vrai que l'affaire était devenue sensible du fait de l'apparition de quelques nécrophages, dont moi-même sans doute, qui ne se gênaient pas pour mener leurs bombances. L'occasion lui fut belle quand le Foufou, délaissant les dépouilles d'insectes, s'intéressa aux cadavres de deux colibris, échoués dans une haie d'hibiscus. Colibri sauta sur l'occasion pour l'accuser de pratiques infâmes, d'offense aux disparus. Il s'en vint en personne harceler le petit maître à la tête d'un restant d'escadrille, jusqu'à ce que celui-ci disperse ses assaillants d'une raide stridulation.

Loin de se décourager, le satrape de Rabuchon mit en œuvre une telle entreprise de dénigrements que les colibris les plus inquiets, et donc les plus crédules, finirent par considérer le Foufou comme l'archange du malheur. Il y eut des tombereaux d'insultes que je ne fus pas en mesure de déchiffrer. Comparé à la langue divine de la famille des aigles, le langage des colibris est quelque peu sommaire. Je crus tout de même entendre que les plus excités l'accusaient d'être à l'origine de la mort lente qui ruinait Rabuchon, de prendre un plaisir honteux à outrager le corps de ses victimes. Ce ne furent plus seulement les colibris qui entreprirent de le poursuivre mais toutes qualités de bêtes-zorey, rates, zagayak, chenilles-trèfles, sucriers, merles, cicis, aigrettes, siffleurs, guêpes et abeilles rescapées, auxquels on pouvait ajouter quelques loques de fourmis-manioc, vers-coco, zandolis et consorts… Une coalition d'éclopés survivants se ligua contre lui. Elle bravait ses ripostes pour tenter de le frapper du bec, de l'aiguillon ou de la mandibule. Elle rêvait de lui infliger un vieux cocktail de leurs venins conjoints. Le petit maître devait passer plus de temps à repousser des agressions qu'à explorer le lourd mystère de la mort lente… C'en était révoltant de le voir s'évertuer malgré tout, sans rage, sans haine, sans amertume, avec juste son inflexible obstination opposée à leurs flots de bêtises…

Je n'hésitai pas longtemps.

À titre d'ouverture, je fis planer mon ombre sur les hardes vengeresses pour créer l'affolement. En guise de préavis, j'en avalai deux ou trois, au hasard, et je fis voltiger quelque hargneux d'une chiquenaude de mes serres. Puis je fondis du bec sur tout ce qui se risquait encore à traîner sur ses traces. La place fut très vite rendue nette. Lui, bien sûr, ne se soucia jamais de me dire un merci. Ni de m'accorder ne serait-ce qu'un regard. Il poursuivit ses errances inlassables sous la haute protection de son… premier serviteur.

Énigme – Nouveau garde du corps, je ne perdais pas une miette de ce qu'il faisait. Refusant d'être en reste, je réfléchissais autant que lui. Je le fixais tellement qu'il fut probable que nos esprits communièrent sur un mode empathique ignoré de la Raison. Non que j'aie vu clairement ce qu'il calculait ou ce à quoi il pensait, mais parce que je réfléchissais mieux, devinais plus vite, comprenais sans effort le sens ultime de ses observations. Si je m'égarais sur une interprétation fausse, je ne tardais pas à revenir au vrai, aiguillonné par ce que je ressentais de lui au plus vif du sensible, au plus clair de l'obscur.

Maintenant, seuls l'intéressaient les petits cadavres de ceux qui d'habitude passaient le plus clair de leur temps à fréquenter les fleurs. Il insistait sur les mouches, les abeilles... Il savait, comme moi-même, quelles fleurs les abeilles affectionnaient le mieux. Il savait même, et sans doute mieux que moi, quelles bestioles hantaient telle ou telle fleur... Je compris très vite qu'il établissait une carte de corrélations entre les emplacements de cadavres et les fleurs. Entre les fleurs et les espèces d'insectes. Entre les insectes dans leur fréquentation des fleurs... Je le vis insister sur les fleurs qui mouraient chargées de leur belle poussière. La plupart croulaient de solitude sous des masses que seul le vent tentait de décrocher. Je n'avais jamais observé un tel phénomène durant l'époque la plus splendide de Rabuchon. Chaque fleur bien portante se desséchait avec une charge si dense que de les voir mourir ainsi donnait la sensation absurde que quelque chose avait échoué pour elles, et qu'elles n'avaient plus l'envie ni les moyens de revenir…

Le petit maître demeurait coincé dans cette énigme comme dans une dame-jeanne. Existait-il une relation secrète entre les insectes, la poussière et les fleurs ? La mort lente se situait-elle dans cette alchimie-là ? Provenait-elle d'ailleurs ? Quoi penser ?… Je me contentais juste d'égrener, comme lui sans doute, les données du problème. Les fleurs et les fruits s'étaient raréfiés comme les insectes. Les insectes s'étaient raréfiés comme les fleurs et les fruits. Toutes les vies s'étaient raréfiées comme les fleurs et les insectes…

Les fleurs et les fruits s'étaient…

LA DESCENTE DES NOCIFS – Le Nocif s'était aperçu du manège du Foufou. Lui, qui ne quittait que rarement sa berceuse, s'aventura sur les pentes basses de Rabuchon. Je le vis aller-venir par les sentiers, gardant un œil inquiet sur les pérégrinations inlassables du petit maître. Ce dernier avait déserté leurs rencontres habituelles pour se consacrer à ses fiévreuses urgences. À force de l'observer, le Nocif dut en déduire quelque chose. Je le vis zieuter autour de lui comme s'il cherchait de l'invisible, palper des pieds de citrons, effleurer des bourgeons de papayes avortés… Il se pencha plus d'une fois sur des fleurs avachies, se mit à quatre pattes pour grattouiller le sol et vérifier je ne sais quoi... Il poursuivit ainsi, de manœuvres insolites en agissements bizarres... Le Foufou s'en vint au-dessus de sa tête comme pour l'encourager. De cercle en cercle, ils atteignirent la rivière où je vis le Nocif ramener sur la rive une famille de lapias morts, ou tomber en arrêt devant une clique de crabes-violons qui moussaient de la gueule. Je veux bien avoir été victime d'une illusion d'optique, mais, par des arrêts, des voltes orientées, des plongées insistantes, et autres tapotements sur tel bord de son crâne, le Foufou guidait le Nocif à travers Rabuchon, de petit désastre en petit désastre, au fil de la mort lente...

Le Nocif étudiait tout avec une concentration égale. Il finit par s'en aller en courant vers son antre, et réapparut deux-trois ventées plus tard en compagnie de plusieurs spécimens de ses tristes semblables. Ensemble, ils sillonnèrent les pentes, arpentèrent les ravines, examinèrent les arbres, le sol, les sources et la rivière... Quand ils quittèrent les lieux, ce fut en emportant quelques sachets plastique où se voyaient des fleurs, de la terre, des feuilles, des brindilles, de l'eau ou quelques brins de tout-venant... Une fois seul, campé devant son antre, une fumée à la gueule, le Nocif n'en finit pas de regarder le petit maître qui poursuivait ses investigations... Sa fillette, un peu interloquée, en oublia la ritournelle...

Le Foufou ne s'éloigna plus des fleurs qui exhibaient des airs de veuves fardées. Il avait dans le passé tellement mené de fêtes avec cette curieuse cendre que je m'attendais à ce qu'il recommence. Mais l'ambiance était morose. Il se contentait d'observer les insectes ou les rares volatiles qui s'en venaient encore fourrager leurs pétales, toucher à leurs organes, se nourrir d'elles… Une observation qu'aucun événement ne venait bouleverser. Pourtant…

L'ERRANCE DU VONVON – Survint un vonvon vonvonnant. Ils étaient devenus si rares à Rabuchon que je fus heureux de voir cette créature noire, luisante, lourdaude et agressive. Il se posa sur l'une des fleurs, y pénétra jusqu'à n'exhiber que son gros postérieur gigotant de plaisir. Le Foufou se rapprocha pour observer l'affaire. Je me situais trop loin pour en voir les détails. Durant les ventées qui suivirent, il étudia le vonvon en question, le suivit à la trace, d'arbres en broussailles, de lisières en savanes, partout de fleur en fleur… Il fit de même pour une mouche, deux abeilles, une guêpe, trois sucriers, six colibris écervelés… À chacun de leurs contacts avec une corolle, le Foufou se rapprochait pour zieuter cela de près, puis reprenait sa filature jusqu'à ce que le fouilleur de fleur s'en retourne à sa base… Malgré de louables efforts, je ne comprenais rien à cela. Le petit maître avait passé tant de saisons à observer le quotidien de Rabuchon que je voyais mal en quoi cette énième inspection pouvait lui être utile…

Lorsque le vonvon vonvonnant avait quitté la fleur, j'avais fait palpiter mes paupières. Je connaissais la blague que faisaient ces idiotes à leurs crétins de visiteurs. De fait (comme tous ses congénères qui allaient lui succéder dans cette corolle débile), le vonvon en sortit avec le dos et les pattes couverts de la fameuse poussière, miroitante au soleil. Et, comme les autres, il s'en fut avec elle, la perdant, l'offrant à d'autres fleurs, circulant avec elle au gré de ses lubies, sans savoir qu'il en mettait partout et en prenait partout. J'étais le seul à m'en gausser en battant des paupières. C'est vrai que les fleurs, ces crétines, demeuraient incapables de savourer leurs propres facéties…

Entre-temps, le Nocif envahit les pentes de Rabuchon en compagnie d'une foule de ses semblables. Tous laids. Tous hargneux. Tous bavant. Ils gueulaient, brandissaient oriflammes et drapeaux, et s'élançaient en commando à l'assaut des sillons de bananes. Là, ils se mirent à renverser les plants à grands cris grands mouvements. D'autres surgirent et se tinrent en face d'eux avec l'air de vouloir constituer une muraille protectrice. Je n'avais jamais vu autant de Nocifs dans un petit espace. *Quelle engeance endémique !* Ils passèrent du temps à s'injurier entre les bananiers. Certains s'acharnaient à les arracher ; d'autres à les protéger ; deux-trois menaient les bons offices de la conciliation. Les échauffourées furent interminables. Les discussions aussi. Le petit maître, alerté par l'affaire, entreprit de voleter parmi les pieds de bananes, les frôlant, respirant, plongeant dessous leurs feuilles, circulant au niveau de leurs corsets de fibres… Les Nocifs finirent par se calmer. Leurs troupes refluèrent comme des eaux sales par des bords opposés, laissant le Foufou tout seul essayer de comprendre ce qui s'était joué là…

EAUX – Je le vis alors s'élever au-dessus de Rabuchon, s'approcher des nuages, les pénétrer, s'en revenir. Il accordait un intérêt spécial aux nuages les plus sombres. Je ne sais durant combien de ventées, il hanta ainsi les nuages en dérive. À croire qu'il s'efforçait de les embrigader par l'entrelacement de ses vols incessants. Serait-ce raisonnable d'établir une relation entre ses vols et l'accumulation de nuages au-dessus de Rabuchon ? Et si cela ne l'était pas, qu'est-ce que cela changerait à l'inextricable des réels et du monde ? Quoi qu'il en soit une crise d'eau se déversa sur nos existences…

Les ondées de Rabuchon sont d'habitude imprévisibles et généreuses. Pourtant, ma mémoire ne garde aucun souvenir d'une telle masse nuageuse, ni d'un autant d'averses qui semblaient provenir d'un vieil hoquet du monde. Elles étaient pour ainsi dire venues *accomplir un travail.* Des bourrasques accompagnaient leur tâche. J'avais quitté ma plate-forme pour l'abri d'un vieux trou de fougère. Le Foufou, comme à son habitude, voletait dans cette intempérie. On l'eût dit accueillant des amis venus lui rendre visite. Les bananiers furent très vite renversés. Quelques arbres malades se couchèrent aussi. Des avalasses mitraillèrent Rabuchon à des fureurs variables. La rivière avala quelques pentes. Des éboulements s'en allèrent aux ravines. Il y eut un dérangement du paysage, lavé et délavé par la force des eaux. Quand une lumière revint, le petit maître voletait au-dessus d'une emmêlée de bananiers, d'arbres, de branchages, de feuilles, de terre et d'eau vive qui brillait, qui brillait de partout.

Les champs de bananes demeurèrent dévastés. Des Nocifs les visitèrent souvent avec des présidents, des chefs et des sous-chefs. Il y eut sur place des discussions houleuses entre ceux qui aimaient les bananes et ceux qui ne les aimaient pas. Elles étaient menées par le Nocif du Foufou qui semblait cultiver une posture conciliante. Puis les choses s'apaisèrent. Le champ fut nettoyé, labouré, des plantations de bananes d'un nouveau genre furent de suite mises en œuvre. Si les Nocifs pour la plupart s'en trouvèrent apaisés, le Foufou, lui, n'arrêta jamais ses déambulations. Je devinais pourquoi : la mort lente était encore là, comme un écho du cri du monde. Je la sentais, sourde, profonde, diffuse, n'ayant abandonné qu'une petite part d'elle-même à la foudre des eaux…

Le charroi des poussières – Dans les miroitements qu'avaient laissés les eaux, le petit maître retrouva une légèreté. Cela me fit plaisir de le voir virevoltant comme une feuille de poirier dans la fraîcheur ambiante. Ainsi, de fleur en fleur — sous le regard effaré de Colibri qui réorganisait une nouvelle fois son monde —, il se mit à jouer au papillon, au vonvon, à la mouche, à la guêpe, ou à je ne sais quoi d'autre… Il imitait leur vol, singeait leurs tics, reprenait leurs poses avec une application grotesque qui devait l'amuser. Il allait ainsi, de fleur en fleur, et prenait soin de se couvrir de la fameuse poussière pour montrer aux idiotes qu'il n'était dupe de rien. *Le petit maître recherchait cette poussière.* Ce fut l'unique explication sensée qui me vint à l'esprit pour expliquer une telle ostentation. Il s'en faisait une parure d'épouvantail. Sur la nuque, sur le bec, sur la gorge, sur la queue, sur les pattes… Puis il s'appliquait à des déambulations étranges — comme reproduisant le circuit du vonvon vonvonnant ou des insectes qu'il avait observés. Il écartait les pétales, y gigotait dans tous les sens, et continuait ainsi, de corolle en corolle, de fleurs à moitié mortes à des fleurs encore vives, de fleurs déjà flétries à des fleurs éclatantes, à croire qu'il s'attachait à les relier entre elles d'un maillage invisible…

Ce manège était si intrigant que Colibri reprit son harcèlement. Il n'en finissait pas d'accuser le Foufou de semer la mort lente. Il laissa même entendre que la poussière des fleurs qui couvrait si spectaculairement le corps du petit maître, et qui se dispersait durant ses vols grotesques, était un maléfice. L'accusation porta, nourrie par l'inquiétude et un fond de bêtise. Une rumeur haineuse accompagna les envols du Foufou. Si je n'avais pas été là, ils se seraient jetés sur lui en masse.

Vaille que vaille, il transportait cette poussière dans Rabuchon, selon des variations impossibles à lister. Tout en me guettant de travers, Colibri et ses loques d'escadrilles, froufroutant et criaillant, s'évertuaient à lui barrer la route. Quand le petit maître se retrouvait en butte à une difficulté, je prenais mon envol afin de les disperser. Mais je découvris très vite qu'il n'avait pas besoin de moi. Il déjouait la plupart de leurs manœuvres en deux tours de passe-passe, ou les tétanisait de sa stridulation s'ils devenaient dangereux…

J'observais ces poursuites acharnées en essayant de comprendre Colibri. Je croyais entendre ce qui tournoyait dans sa pauvre cervelle. Pour lui, le Foufou avait causé la mort de leur donneuse ; il attirait la mort ; il aimait les cadavres ; la bizarrerie de ses comportements n'était due qu'à son alliance avec la mort ; seul un comportement conforme aux ordonnances pouvait contrer cette mort qui rongeait Rabuchon ; cet absurde charroi de la poussière des fleurs n'était dicté par aucune règle ; le Foufou était donc lié à la mort et ne menait qu'à elle… et-cætera et-cætera… Tant d'idiotie bornée m'emplissait de pitié. J'étais pourtant forcé de me reconnaître des bornages similaires du fait de ma propre Alaya. Si un aigle s'était comporté à la manière du petit maître, j'aurais sans aucun doute connu l'indignation. L'offense, la honte même. Je n'avais peut-être pas plus de tolérance que ce pauvre Colibri, mais *Hinnk!* grâce au petit maître, j'avais su laisser dans mon esprit une petite place aux oxygènes de la question, et une toute petite autre aux éventements du doute…

INTENSITÉS — Le Foufou avait beau s'évertuer, ses charrois devinrent un enfer dans les territoires régis par Colibri. Modifiant sa tactique, il continua de se couvrir de la poussière des fleurs, qu'il emporta cette fois, et à pleine vitesse, vers son pauvre domaine. Pour ce faire, à l'aller comme au retour, il bravait les restants d'escadrilles. Parfois, il rasait le sol détrempé et l'herbe folle des pentes. D'autres fois, il plongeait dans les arbres, par les feuillages moins denses. Ou alors, il surgissait du ciel, déboulait dans les fleurs, repartait en rase-mottes, zigzaguait entre les antres de Nocifs ou les franchissaient d'un coup de part en part… À chaque voyage, il surprenait ses assaillants et s'efforçait de faire au mieux ce qu'il voulait…

Parfois, il demeurait sur son territoire sec, fourrageait dans les fleurs rabougries, y cherchait un résidu de poussière, l'emportait vers d'autre fleurs, allait ainsi durant des heures, avant de repartir vers les hauteurs de Rabuchon, et recommencer son manège insensé. *Il n'en finissait pas!* J'étais à la fois stupéfié et contrit par cette constance qui ne débouchait sur rien. Transporter sans trêve cette poussière, la répandre, la mélanger, la disperser dans le froufrou de ses ailes, et puis… recommencer! À force de l'observer et de ne pas comprendre, je fus bientôt empli de déception. Le petit maître n'avait trouvé que ce manège vain pour répondre à la mort lente. Il avait été rattrapé par la folie, et c'est sa folie qui maintenant s'exprimait dans un dérisoire exorcisme…

Les saisons s'écoulaient. Mes chasses, même nécrophages, se faisaient infructueuses. Mes plumes s'envolaient pour un rien. J'étais moins vigoureux et moins rapide qu'avant. Je n'étais pas le seul. La désolation touchait à toutes les existences. Le Foufou lui-même avait dépassé maigre, mais semblait épargné par le mal mystérieux. Il demeurait vif, vigilant, concentré. Comme dans une guerre en première ligne. Faut dire qu'il s'était de tout temps montré sobre, et qu'il devait se satisfaire de la seule étincelle d'une goutte de rosée.

Avec le temps, son transport de la poussière des fleurs toucha à la démence. Cela ne donnait rien, et rien ne permettait de supposer qu'elle servirait à quelque chose. De fait, Colibri le laissait circuler à sa guise. Il se contentait de ricaner à petits cris, comme bien d'autres, à chacun de ses passages.

Malgré ma déception, je restais vigilant. Le petit maître m'avait si souvent surpris que, même confronté à de dérisoires évidences, j'attendais l'événement, la surprise, l'importance... Vite fatigué, je me posais souvent sur son domaine. Là, par une sorte de réflexe, je prenais le temps d'analyser ses allées et venues. Il ne me regardait pas. Il ne regardait rien. Ceux qui l'interpellaient ou qui voletaient sur son chemin ne disposaient d'aucune consistance.

C'est alors que je réalisai quelque chose.

Je ne l'avais jamais vu agir à un tel degré d'intensité. Il était tout entier dans ce faire dérisoire, au point d'en être flamboyant. Un tel investissement transformait ces transports ridicules en quelque chose de... discrètement grandiose. Dans l'épure de son vol, je distinguais maintenant des rythmes inattendus, des fréquences étonnantes, des accélérations inouïes ou des ralentissements empreints de majesté. Le choix des fleurs à visiter s'inscrivait, sans coup faillir, dans une harmonie qu'on ne pouvait que soupçonner. Quant à la poussière, sa manière de la recueillir, de la mélanger à d'autres, de la disséminer, ne relevait pas d'une singerie des insectes comme je l'avais cru de prime abord. C'était une œuvre de précision qui ne laissait rien à la fantaisie, à la magie ou au hasard. *C'était une danse. Un chant. Une musique.* Un véritable concert, inspiré par tout ce qu'il avait pu voir, entendre, observer, et dont l'exécution n'était vouée qu'à lui-même. Un fait de pleine conscience, sous l'éclairage d'une volonté ardente, et donc vaste comme le monde…

Au fil des saisons, il diminua ses transports. Je le sentis alors attentif. Il visitait les fleurs, les examinait, regardait le ciel, inspectait Rabuchon sous les sarcasmes de Colibri. Il arpentait point par point les circuits invisibles qu'il avait empoussiérés. Il attendait quelque chose, *mais quoi ?* Et je fus troublé — tout comme son Nocif qui n'en finissait pas de le suivre des yeux — en percevant sous sa sérénité un filet d'inquiétude…

DÉSESPÉRANCES – Il y eut des pluies et de longues lumières fixes mais la désolation était toujours là. La mort lente progressait de ventée en ventée. Même si d'apparence rien ne changeait dans Rabuchon, je percevais trop d'absences, de minuscules béances installées n'importe où. Les nuées hagardes d'insectes et de volatiles migrants passaient au loin sans même tenter de se poser. Les Nocifs se lamentaient dans leurs jardins tragiques. Ils n'en finissaient pas de pulvériser d'atroces liquides, de se plaindre contre des mânes invisibles et des peuples de zombis. La horde de Colibri s'était réduite au minimum. Les nids et les œufs étaient rares. L'on n'entendait que de petits chants secs, d'avares bourdonnements. Tout demeurait chagrin. Même les pluies, autrefois réveilleuses, ne soulignaient que langueurs et mollesses. Lui, attendait je ne sais quoi. Mais c'est rien qui venait...

Pour moi, si le petit maître attendait quelque chose, c'est que ce quelque chose finirait par surgir. Alors, je guettais partout, et presque autant que lui, le moindre signe. J'ignorais à quoi m'attendre mais j'attendais patient, attentif aux arbres, aux herbes, aux fleurs bien entendu. Les lumières succédaient à l'obscur, les pluies à la lumière, et rien ne se signalait. Le Foufou était de plus en plus tendu, comme s'il redoutait de s'être trompé sur je ne savais quoi. Ou alors il se montrait d'une telle sérénité que je zieutais avec fièvre les entours, persuadé que ce qu'il attendait s'était produit à mon insu. Bientôt, je passai plus de temps affalé dans une ombre de son pauvre domaine que dans le douillet refuge de mon aire. Il m'était difficile de m'envoler si haut. J'avais du mal à me percher en douceur. Je préférais rester à quelques mètres de lui, dans l'ombre des broussailles, et de le suivre durant ses déplacements sans avoir à fournir de gros efforts pour m'envoler.

RENAISSANCE – Posé dans une ombre de campêche, j'observais les pierres, la terre grise, les broussailles maigres, figé dans l'insidieuse atteinte. Sous la mort lente, le territoire désolé du Foufou se montrait encore plus désolé. La différence entre ce lieu et les autres parts de Rabuchon était on ne peut plus nette. Dans le voilage de la chaleur, je suivais d'un œil terne

une abeille, une mouche, un moustique, un filet de yenyens…
Rien de très exaltant.
Puis mon cœur sauta.
Les insectes étaient soudain plus nombreux. Davantage d'abeilles, de yenyens, de mouches, de punaises… Davantage de fourmis dans les brindilles… Davantage d'anolis dégustant le soleil… Davantage d'affrontements, de fuites, d'épousailles, davantage d'intensités sourdes… Un foisonnement encore imperceptible levait du territoire du Foufou. Au retour des longues pluies, les broussailles rabougries se chargèrent de feuillages plus épais. Des bourgeons les mouchetèrent de partout. Je ne réalisai ce phénomène que lorsque des dizaines, puis des centaines de fleurs se mirent à exploser. Le pauvre domaine, de tous temps délaissé, devint alors un grand coumbite de vies! L'esprit magique m'emporta l'entendement. Je crus avoir affaire à un miracle soudain. C'est sans étonnement que je retrouvai le petit maître virevoltant dans ses broussailles fleuries comme s'il les célébrait autant qu'elles le célébraient en retour. J'oubliais toute raison, je veux dire toute décence. J'avais en face de moi… un *magicien.* Il savait commander aux arcanes naturels, à ces insectes qui se mirent à peupler ce territoire ingrat. Il pouvait commander de même sorte aux rats, crabes, grenouilles, et à plein d'existences savoureuses qui sillonnaient partout, se poursuivant l'une l'autre, et que je pus gober flap-flap pour me refaire une santé.

Encore un peu faible, je demeurai au sol à observer autour de moi — à observer plus que jamais afin de retrouver un peu de ma raison. J'étais stupéfait de voir dans ce coin d'habitude presque stérile, autant de fleurs et de fruits. Que d'icaques noires ! Que de goyaves sauvages !... Bris, pommes-roses, et pois doux !... Que de framboises de raziés... ! Les feuilles étaient couvertes de punaises, de coccinelles, et de nymphes de toutes sortes. Des vers de terre pullulaient sous la pierraille couverte de mousses. Partout, je découvrais des ravets, scarabées, puces, poux, termites, bêtes-mille-pattes, et des lots de petites choses indistinctes en train de muer ou de se métamorphoser... Tout cela attira quelques oiseaux qui provenaient de tous les horizons, puis c'est par volées criardes qu'ils se posaient direct pour mener leurs bombances... À force d'examiner cette foire, je crus comprendre ce qui reliait ces existences : c'était la faim, la soif, la volonté de survivre et le désir farouche de se reproduire. Pour cela, animaux et végétaux s'emmêlaient selon des modalités infiniment complexes... Les existences des uns s'alliaient par la vie ou par la mort à l'existence des autres. La survie ou la mort des uns confortait celles de toute une série d'autres. Les uns parasitaient les autres qui eux-mêmes en parasitaient d'autres. La présence des uns ralliait des milliers d'autres, qui eux-mêmes étaient des proies, des appâts et des nécessités pour des et-cætera d'autres... Un formidable commerce de vies et de morts qui se détruisaient en se construisant, qui se construisaient en se détruisant… Le petit maître en paraissait tout aussi abasourdi que moi.

Cette vie des broussailles faisait un bien immense aux arbres, aux plantes, aux herbes, surtout aux fleurs. Elles étaient innombrables, gorgées de poussières étincelantes. Des peuples d'insectes les emportaient partout, sous la lumière ou dans l'obscur. Les immigrations visibles et invisibles avaient repris et n'en finissaient pas. Le petit maître se montrait heureux d'une telle frénésie. Il accueillait tout le monde, voletait avec les mouches, encourageait les araignées, escortait les colonnes de fourmis. Faisait la fête aux libellules que cela énervait, soucieuses qu'elles étaient de ne pas perdre une seconde de leurs chasses…

Colibri fut informé de la renaissance spectaculaire du domaine du Foufou. Il avait dépêché des espions. Leurs rapports évoquaient, pas seulement des cliques de migrants en déroute, mais tout un tralala d'oiseaux qui provenaient de partout, du plus près comme du loin, pour se nourrir et se trouver une niche dans les broussailles grouillantes. Le reste de Rabuchon, toujours morose, semblait une terre de désolation auprès de ce petit domaine. Colibri, pétri de vanité, interdisait à ses ouailles de s'y rendre. Les colibris ne purent résister très longtemps à leur proximité avec de telles provendes. Par jeux-malins et contrebandes, ils s'en vinrent à leur tour se repaître dans les fleurs éclatantes du domaine du Foufou. Puis ils le firent ouvertement. Colibri lui-même s'en vint aussi, la nuque basse mais tellement affamé qu'il se jeta sur tout sans trop de philosophie.

Les colibris immigrants zieutaient le Foufou d'un air inquiet : ce territoire étant le sien, ils redoutaient les représailles. Le petit maître les accueillait pourtant avec le même enthousiasme que pour tous ceux qui débarquaient. Bientôt, la vie de Rabuchon se concentra sur ce coin jusqu'alors désolé. Et ça n'en finissait pas d'arriver de partout ! Une nuée de volatiles anciens, nouveaux et derniers inconnus, virevoltait dans un foisonnement inépuisable de bestioles. Ceux qui avaient déserté Rabuchon y revenaient en masse, alertés par je ne sais qui, et se remettaient à boire-caca-manger dans le coin du Foufou, et donc à jouer et à chanter, avec un appétit perdu depuis longtemps. Moi, j'en profitai aussi sans me faire prier. Je pus bientôt reprendre mon vol de majesté au-dessus de Rabuchon.

Du ciel, le contraste était impressionnant entre le coin du Foufou et le reste du quartier. La mort lente y régnait encore, dans son chapelet de béances invisibles. Quelques fruits et fleurs y avaient retrouvé une vitalité, mais sans commune mesure avec ce qui se constatait sur l'ancien territoire désolé. Les chants, les cris, les explosions d'essaims se produisaient du côté du

Foufou. Tout le reste autour avait rejoint le clan des déserts solitaires... Alors ce qui devait se produire arriva...

SANS TERRITOIRES – Sitôt tout le monde rassasié, la question des territoires se reposa. Des dizaines de colibris voulurent s'installer à demeure. Ils se battirent entre eux, s'affrontèrent à d'autres, et, bien souvent, s'attaquèrent ensemble au Foufou qu'ils se mirent à vouloir repousser loin de son propre territoire. Le petit maître les évitait, les laissait faire, ne revendiquait jamais une quelconque parcelle. Quand il ne lui resta plus un seul millimètre de repli (et que je fus sur le point de rayer ces conquérants ingrats du principe d'existence), je fus surpris de voir Colibri s'interposer en personne.

Le satrape s'était jusqu'alors contenté de se nourrir et de reprendre des forces dans une discrétion inhabituelle. Maintenant, d'attaque et disponible, il retrouvait de son autorité. Il reconstruisit très vite son ascendant sur les autres. Mais je découvris qu'il avait changé. Ses regards sur le Foufou n'étaient plus des braises de haine. Ils reflétaient surtout de l'interrogation, du doute, et, peut-être, un peu d'admiration qu'il ne s'expliquait pas lui-même. Il chassa les colibris conquérants du domaine du Foufou. Puis il se présenta en personne auprès du petit maître, cette fois-ci dans des froufrous très humbles, respectueux et dignes. Je crus comprendre qu'il s'excusa auprès de lui. Qu'il lui reconnut son territoire et, compte tenu de l'effondrement du reste de Rabuchon, qu'il sollicita l'autorisation pour tous de se ravitailler là. De les voir calmement face à face était en soi un événement. La réaction du Foufou ne se fit pas attendre : il lui fit fête comme il l'avait fait à tous. Il lui accorda volontiers les autorisations désirées, d'autant plus volontiers, dit-il sans doute, que rien ne lui appartenait, ni air, ni terre, ni eau, et que ce sol faisait partie de la richesse de tous…

Je voyais bien la générosité du geste; je percevais aussi sa folie. Sans territoire, comment assurer sa survie? Si tout appartenait à tous, comment garantir son propre épanouissement dans le conflit impitoyable des Alaya? Tant de générosité me paraissait absurde et suicidaire… Colibri le remerciait encore d'une telle magnanimité, que le Foufou s'envolait à pleins gaz. Il s'élança dans les fleurs de son territoire, s'y chargea de poussières étincelantes, et repartit dare-dare vers les zones qui jusqu'alors lui étaient interdites. En le remerciant, Colibri avait dans le même temps, sans doute sans y penser, levé toutes les interdictions qui lui fermaient le reste de Rabuchon. Et je vis le Foufou (durant combien de saisons de la chenille du laurier-rose?!) aller-venir ainsi dans la totalité de Rabuchon, passant d'arbre en arbre, de broussailles en broussailles, de fleur en fleur, se couvrant des belles poussières, les dispersant dans les coins et recoins. Rien ne lui paraissait plus urgent que cela. C'est alors qu'une question me

hanta : *Le miracle du domaine désolé provenait-il de cette petite poussière ? La poussière des fleurs serait-elle la vie elle-même ou une simple dynamique de la vie ?* Cela me paraissait absurde.
La vie pour moi, c'était la force et la puissance. La barbarie des grands félins. La vigueur des énormes créatures qui dominaient les bois, les eaux et les savanes. La sagesse majestueuse des grands aigles et la force de leur bec. Les Nocifs constituaient une part déterminante de la vie car ils étaient obscurément redoutables et puissants... En dessous ne venait que le grouillement primordial, la ténèbre génésiaque... Pourquoi la force et la puissance seraient-elles allées se réfugier dans une poussière de fleurs ? Et comment cette simple poussière, et à elle seule, pourrait éveiller des milliers d'insectes, des centaines d'oiseaux, enfiler à sa suite une telle variété de la matière élémentale du vivant ?... Je dus aller me fatiguer les ailes dans les vents hauts de Rabuchon — seul moyen de calmer cette déception que je sentais mêlée à une confuse déroute.

INDIGNATION – Je me sentais bien mieux. J'avais retrouvé l'intégralité de mes forces. Je savourais la sensation procurée par mes ailes. J'avais toujours aimé voler. Je m'étais toujours grisé de cette capacité à vivre le vent, à être le vent, à sortir de cette force élémentaire la majesté d'un vol. Lors de cette lumière-là, l'Alaya était puissante en moi. Des énergies réinvestissaient mes chairs que famine et maladie avaient bien affectées. Mais, dans la joie de ce retour, je pensais à ce qui s'est passé, et à... ce que j'avais appris.

Aberration !...

La poussière des fleurs avait réussi (je ne sais comment !) à contrarier la progression de la mort lente. C'était impossible. Ou, si c'était possible, cela ne pouvait concerner que les fleurs, et ces insectes insignifiants, et ces volatiles négligeables, mais ni moi ni ma lignée ne pouvions être reliés d'une manière quelconque à ces fleurs idiotes et ces poussières étranges ! Nous étions au-dessus de cela... ! J'y réfléchissais sans fin en survolant les Pitons...

J'étais quand même forcé de constater que le retour de ma force était lié aux retours des insectes, des rats, des crabes et des oiseaux, lesquels suivaient le... retour des fleurs. Cela me révoltait. Comment admettre que la puissance de ma lignée puisse être soumise à des médiocrités relatives aux insectes et aux rats, et qui sans doute tombaient encore plus bas, dans encore plus d'insignifiances ? Mon Alaya m'agréait dans ce sens. Elle grondait des houles de prééminences et de certitudes rêches. Je dégageai un cri de colère et de défi. Mon Alaya était au vif, et j'étais bien dans cette ébullition qui me restituait une autorité pleine. Je poussais de longs cris victorieux. Ils résonnaient sur Rabuchon, provoquant des effrois dont les effluves m'étaient tout autant de délices.

C'est alors que j'aperçus le petit maître. Affairé aux transports de sa pauvre poussière, il n'en finissait pas d'aller et de venir, ragaillardi par le succès. Le voir réveilla en moi le peuple des interrogations sans fin, et… de l'affaiblissement. Il était petit, insignifiant, ridicule, ce ne pouvait être un maître, et surtout pas… *mon* maître. Mon Alaya gronda et refusa une fois encore cet abaissement, mais cette fois dans une violence extrême qui fit que je me précipitai sur cette insignifiance, bec délacé et les serres en avant, à la vitesse des foudres…

Affrontement – J'ai du mal à repenser clairement à ce qui se passa. Je l'ai pourtant maintes et maintes fois filtré dans mon esprit. À chaque fois subsiste cet incertain, ce trouble, cette lie indécidable qui m'empêche de tout voir et de tout préciser. Essayons encore…

Quand je fondis sur le Foufou à la vitesse des foudres, il… m'évita. Je n'avais jamais connu cela. Mes plongées étaient imparables. Aucune existence ne pouvait disposer des moyens de les mettre en échec. À chacun de mes plongeons, j'avais toujours croché ma proie, pétrifiée par mon cri et par ma fulgurance. Pourtant, alors que je n'avais jamais été aussi rapide, lui, m'évita, sans grand effort, juste par un écart de quelques millimètres, pile au dernier moment, qui fait que je me retrouvai à plonger dans le vide, désarçonné par une absence d'impact…

Je repris mon vol sans attendre, me replaçai au-dessus de lui, et plongeai une fois encore dans l'extrême du possible. Lui, m'évita encore. Et encore… Je revins vers lui, par l'arrière, tel un démon, pour lui briser du bec et la queue et les pattes comme je l'avais pratiqué avec gloire sur des oiseaux bien plus puissants que moi. Et là encore, un milli-millimètre, un rien, un souffle de déplacement, et je me retrouvai à défoncer le vide. La haine, l'indignation et la colère me submergeaient tandis que je revenais à l'attaque. Mon esprit déployé analysait mon adversaire, mesurait ses potentialités, cherchait la faille. C'est ainsi que je lui découvris des aptitudes guerrières à peine imaginables…

En le frôlant, je percevais l'énergie de ses ailes qui produisaient un bourdonnement d'une intensité sans nom. Une note basse, longue, modulée sur plusieurs demi-tons, avec un nombre de vibrations à la seconde qu'aucun oiseau n'aurait pu se permettre, et qu'aucune aile autre que la sienne n'aurait pu supporter sans là même se briser. Très basse au départ, cette note pouvait devenir très aiguë au moment où ses ailes déclenchaient leur écart salvateur. Et cet aigu brutal affectait la synchronisation si parfaite de mes gestes…

Ce qui me désarçonnait le plus, c'est lorsque, au plus vif de mes attaques, il s'immobilisait au vol, dans une de ces positions stupéfiantes où je l'avais vu téter une fleur de travers. J'avais alors l'impression de plonger en abîme. Il me fallait de la puissance pour opérer une courbe et relancer l'attaque. Son cou et les muscles de ses ailes lui permettaient de se trouver des équilibres extrêmes, mais le plus effarant était sa queue. Elle me demeurait insondable dans ses lenteurs ou ses rapidités. Ses rémiges dressées comme des aiguilles ou incurvées en courbes tremblantes, pouvaient se tordre pour récupérer une base de gravité, et compenser de mille manières l'instantané impossible de ses voltes. Ses ailes, sa tête, son cou menaient un commerce d'une complexité inouïe, proche de la perfection et de la rupture catastrophique. Et cela, dans des espaces tellement infimes qu'ils demeuraient inaccessibles à mes vastes manœuvres.

Pour répondre à mes attaques — était-ce de l'hallucination? —, il pouvait se déplacer comme il voulait, tête en l'air, tête en bas, dans l'accident ou l'improvisation, tel que la soudaineté de mes frappes l'y obligeait. Il pouvait même se dégager à reculons. J'eus la stupéfaction de découvrir que ses cabrioles ordinaires et fofolles se révélaient redoutables dans l'arène du combat. Le reste du temps, sans donner l'impression de me fuir, il poursuivait sa route vibrionnante, à des fréquences extrêmes; et les éclats aveuglants de ses plumes atteignaient parfois le clignotement du visible-invisible dont est capable la lumière seule. Et donc, déterminer sa position, le retrouver ou le rejoindre était toujours pour moi une tâche délicate…

Je le poursuivis ainsi au-dessus de Rabuchon durant je ne sais combien de ventées. Colibri et ses nouvelles escadrilles se contentaient de nous observer. Je les avais vus se porter au secours d'un des leurs, mais là, ils se tenaient seulement attentifs, soit parce qu'ils me craignaient, soit parce qu'ils ne considéraient pas le Foufou comme étant un des leurs. Son Nocif en revanche (comme bien d'autres à chaque fois que je prenais l'envol) était sorti dans son jardin. Il agitait les bras et me lançait des invectives…

Jamais le Foufou ne se sentit traqué. Il demeura calme, attentif, concentré comme à l'ordinaire de ses explorations. Il n'essayait même pas de vérifier mon angle d'attaque ou d'anticiper mes intentions. *Il m'ignorait jusqu'à l'ultime seconde.* Son allure demeurait d'une délicatesse extrême, mais elle pouvait atteindre d'un coup l'intensité d'une flamme. Souvent, quand je l'avais raté, et que, le frôlant, je poursuivais sur ma lancée, je sentais qu'il aurait pu me frapper s'il l'avait voulu.

Je me retrouvai bientôt à bout de souffle et forcé de planer tandis que Rabuchon ovationnait le Foufou. J'avais été vaincu sans riposte, sans combat, sans animosité. Il aurait pu mille fois me crever les yeux comme bien des colibris l'avaient fait à quelques agresseurs. Quand je regagnai mon aire, je le vis poursuivre comme si de rien n'était son transport des poussières. Il n'avait gardé que cela à l'esprit durant mes raides attaques. Comme si je n'étais pas son ennemi. Comme si je ne représentais aucun danger pour lui. Comme si son seul adversaire était cette mort lente qui ruinait Rabuchon…

FOLIE – J'étais au bord de l'épuisement quand je rompis l'affrontement. Je feignis de poursuivre un vol de sarcelles qui cinglaient vers le nord, et, bien vite, je regagnai mon aire pour y serrer mon désespoir. C'est de là, dans un acide qui m'embrumait les yeux, que je pus assister à la suite. Les colibris ovationnaient le Foufou. Ils n'étaient pas les seuls. Toutes les autres existences, y compris les Nocifs, avaient été enthousiasmées par l'échec que le petit maître m'avait infligé. Moi, major de Rabuchon, j'avais été drivé par une insignifiance ! Colibri se tenait à l'écart, mais sa harde s'était ouverte en vol alentour du Foufou et le couvrait d'éloges. Et pas seulement les colibris, mais une clique d'insectes et de volatiles qui avaient remarqué l'affrontement. On lui parlait, on le frôlait, on le félicitait, on lui réclamait je ne sais quels conseils… Lui, restait bienveillant et ouvert, juste confus, et pressé de revenir à ses poussières de fleurs. Il ne montrait aucune acrimonie contre ceux qui l'avaient si souvent maltraité. Son attitude, modeste, bienveillante, dut amplifier l'enthousiasme de ses congénères. Je vis alors des dizaines de colibris effectuer au-dessus du petit maître une vrille en demi-cercle, comme pour le désigner subito à une haute fonction — peut-être à celle de Guide. Colibri, électrisé, sortit de sa réserve pour s'en venir l'environner d'une curieuse manière. Les colibris s'en écartèrent. Au vu de la brusque gravité qui tomba sur la harde, je sus qu'il s'agissait d'une ronde de défi…

Le Foufou n'y répondit pas. Il s'écarta, reprit son vol tranquille vers un amas de fleurs. Colibri le pourchassa de sa ronde de défi. Le peuple de colibris, à quelques ventées en arrière, suivait leurs évolutions. Le petit maître, absent, très calme, ne se consacrait qu'à ses poussières, oubliant presque Colibri, qui en était venu à lancer des cris de guerre. J'observais l'insolite petit être. Il n'était pas troublé. Il n'avait pas peur. Juste concentré sur la tâche fixée. Rien n'échappait à son regard.
Son regard…
Je compris soudain qu'il voyait ce que nul ne voyait. Qu'il voyait autrement. Qu'il voyait autre chose. Que non seulement la mort lente n'était pas vaincue, qu'elle était encore là, mais que *lui la distinguait partout, à tout moment!*… Était-ce une hallucination? Était-ce une clairvoyance? Non. Plutôt une lucidité, ardente comme une blessure, urgente comme un malheur, et qui le positionnait seul en face d'un invisible dragon. Une bouffée d'admiration souligna l'ampleur avec laquelle, moi la splendeur vivante, je me sentis insuffisant devant ce petit maître…

Je m'envolai droit devant, dans un vrac de folie. Je ne savais plus ce que je faisais ni ce que j'aurais voulu faire. Je volais, la tête prise dans une désespérance qui devait m'infliger des pupilles de chimère. Je n'étais pas fait pour tant de doutes, tant de questions... Vivre sans tout laisser à l'Alaya était un enfer qui me grillait l'esprit. J'ignore durant combien de ventées je restai à patauger dans cet effondrement. Au fond d'une mélasse fiévreuse, je m'essayais à voler en arrière, à m'immobiliser au vol, à vivre des accélérations folles, des tours et des détours à la manière du petit maître. Cela ne faisait qu'amplifier ma détresse. Mon esprit confrontait des vérités auxquelles je me dérobais encore et qu'il m'était tout autant impossible à chasser...

J'enviais son énergie inépuisable. J'en quémandais l'impossible secret. Qu'était-ce donc ce qui lui conférait une telle puissance ? Ces gouttes de pluie ou de rosée que je l'avais vu quelquefois capturer de la langue ?... Ce nectar ou ces insectes confits par l'alchimie des fleurs qu'il savait recueillir au mitan des corolles ? Y aurait-il donc là un élixir que les fleurs détenaient et qui pouvait nourrir son intense combustion ?!... Quelle était cette magie ?... C'est sans doute grâce à cette quintessence qu'il pouvait voler si longtemps et si loin, qu'il pouvait être si vif... Il allait, porté par ces nectars solaires que sa langue reptilienne transmettait à son sang !... *Hinnk !* C'est pourquoi, en pleine lumière, et sous les yeux de tous, je me posai dans Rabuchon, et me mis sans façon à dévorer des fleurs. J'étais comme tombé fou.

En mâchant ces choses visqueuses, je me sentais vibrant de honte. Dans le même temps, je me percevais en train de me sortir d'une gangue, de fracasser une coquille morte, de m'élancer au risque d'une aventure où j'informais de saveurs (répugnantes mais nouvelles) non seulement ma langue carnassière mais toute mon existence…

À l'apaisement de cet accès de folie, je regagnai mon aire d'un vol lent pour m'y affaisser comme dans une agonie. Prostré, absent, mélancolique, amer. Du coin de l'œil, je voyais le Foufou aller-venir dans Rabuchon, poursuivi par les défis respectueux de Colibri.
Je voulais revenir à moi-même, m'immoler au centre de moi-même.
À quoi bon se montrer attentif à tout cela?
Pourquoi échapper à la prison de l'Alaya?
La rencontre avec ce petit être m'avait précipité en enfer. Comme dans une initiation qui n'ouvrirait qu'à des tourments. Il m'avait ouvert à un autre possible qui m'était… hors d'atteinte. Tel un piège mis à portée de mon orgueilleuse conscience. Moi, le puissant Malfini, l'immense incomparable, le destin cruel m'avait infligé comme mentor une créature insignifiante, une virgule d'existence, de ce que les oiseaux avaient de plus infime. C'était injuste, impensable, et même inadmissible. Je ne pouvais que demeurer

avachi dans ma fourche de fromager et regarder passer, les ailes serrées, le bec éteint, la saison des amours de ma haute lignée.

PARTICIPER – Cette victoire avait changé la situation du Foufou. Je ne quittais plus ma plate-forme, mais je longeais le cou pour rester informé de ses périples dans Rabuchon. De nombreuses femelles colibris étaient venues s'installer sur son petit domaine qui débordait de fleurs, de fruits et d'insectes. Par un étrange phénomène, cet endroit de pierraille était maintenant baigné par des ondes régulières. Ces idiotes de fleurs, ces fruits ineptes, détenaient-ils aussi le pouvoir de commander aux eaux ? De petits nuages opéraient des détours pour s'en venir sanctifier cet endroit de leur bénédiction. Le petit coin se vit atteindre une luxuriance indescriptible. À côté, le reste de Rabuchon prenait l'allure d'une contrée désolée. Les femelles de toutes espèces, toujours sensibles à l'étrangeté, se montraient fascinées par les manières peu normales du Foufou. Les oiseaux sans aucune exception (et malgré son refus de répondre aux défis quotidiens de Colibri) le traitaient comme étant leur seul Guide. Bien étrange guide qui ne s'occupait que d'une poussière charroyée tout partout.

Durant la saison des amours, l'activité devint intense. Colibri remisa ses défis, considérant qu'il demeurait le Guide. Ce que les autres acceptèrent tout en conservant leur admiration sans bornes au Foufou. Tous se jetèrent dans leurs cirques des amours. Chants, concurrences, parades et frénésies. Le petit maître n'y participait pas, mais paraissait joyeux de voir ces éclats de vie reprendre avec autant d'intensité. Des nids se construisaient. Des couples se formaient. Il me parut un instant que le Foufou semblât intéressé par une colibri fofolle... Il effectua autour d'elle quelques mouvements d'une parade baroque, accepta qu'elle l'accompagne à ses traites de poussières, fit mine de combattre d'autres charmants qui la serraient de près... Mais quand elle s'installa dans un coin du domaine, jamais il ne défendit l'endroit; et s'il joua avec elle très souvent, je ne saurais affirmer qu'il fût à l'origine de la charge de ses œufs. J'eus plutôt le sentiment qu'il avait pour ainsi dire... *participé.* Il avait tenu à prendre sa part de la folie collective par un semblant de folie qu'en fait — solidaire mais solitaire — il n'avait jamais cessé de tenir à distance.

LARMES – Je ne sais pas ce qu'est la folie, si j'y étais tombé, ou si j'en avais approché une extrême limite. Mais durant cette période où je restai prostré — sans faim ni soif, sans pièce envie d'ouvrir les ailes ou de donner du bec, sans frémir sous un besoin de sang et de chair écrasée —, je me retrouvai à me contempler moi-même. Je connaissais mieux le petit maître que je ne me connaissais moi-même. Ce que je savais de moi m'était donné par le grand souffle de l'Alaya. C'était ma vérité. C'était aussi ma plus grande illusion. J'appris à me regarder comme j'étais, pour ce que j'étais, un oiseau parmi d'autres, ni meilleur ni moins mauvais. Ni pire que n'importe lequel. Et de même valeur que n'importe lequel. Je vis combien l'Alaya était à la fois une boue et un jet de clarté, un possible et un impossible, et je caressai mieux l'idée de la mettre à distance. Dans le trouble de cette mélancolie, je regardais le Foufou aller-venir avec ses charges de poussière, qu'il fasse clair, qu'il fasse sombre, qu'il vente qu'il pleuve, sans fin sans cesse, dans une sérénité inébranlable et un arc de volonté infaillible. Son Alaya n'avait pas réussi à le projeter dans le cirque des amours : seule sa volonté et ses choix menaient son existence. Un tel exploit se situait hors d'atteinte de mes possibilités, et me paraissait peu conforme à mon bonheur. Pourtant, je n'en finissais pas de le regarder, dans une fascination qui m'avait saisi dès le début, traversant de multiples avatars pour finalement atteindre à une ampleur impraticable.

Je n'avais ni faim ni soif.

Je n'étais plus... *désirant*.

J'étais en larmes.

J'ignore à quoi servent les larmes. Ont-elles pouvoir de modifier le monde ? Détiennent-elles un des secrets de la lumière ? Je crus que c'était seulement de la déprime, mais les imageries de sang et de chairs écrasées avec lesquelles d'habitude je me remettais d'aplomb, n'éveillaient rien en moi. De larme en larme, je me libérais un peu de cette terrible nécessité autour de

laquelle s'était forgée la toute-puissance de l'Alaya. Je retrouvai bientôt — dans cette faiblesse qui me diluait — une excitation semblable à celle que j'avais connue durant l'ivresse des hauteurs.
Je voyais autrement Rabuchon.
Je prenais plaisir à regarder le ciel, le vent, les herbes, les oiseaux, les arbres, les feuilles, les fruits et... même les fleurs. Elles m'étaient jusqu'alors apparues comme d'absurdes vivacités d'éclats, des réceptacles d'intensités que la lumière remplissait d'énergie gaspillée. Mais je distinguai bientôt... des bouillonnements... des vibrations... puis... *hinnk!... des couleurs!*

Du rouge, du blanc, du jaune, du vert, du bleu... Une irruption de nuances vibratoires qui m'enivra l'entendement, et qui me projeta dans des contemplations infinies.
La couleur!
Quelque chose se déchira. Je me sentis emporté par des exaltations. Je soulevais la tête dans le vent pour découvrir non pas l'idée d'une délicieuse charogne, mais des subtilités indéfinissables qui me remplissaient le bec, s'épanchaient sur ma langue, empoignaient mon esprit. Je saurais bien plus tard que c'étaient des parfums de citronnelle, de bois-d'Inde, de cannelle, de jasmin, de terre fraîche, d'humus ou de sèves... Je découvris qu'il y en avait partout. Que les fleurs, les fruits, les écorces, les feuilles, les herbes en diffusaient avec des variations qui troublaient les insectes et bien d'autres existences, et qui les

attiraient. Je découvris combien certains parfums modifiaient les couleurs de mon âme, comment certaines couleurs appelaient des parfums, comment ensemble ils nourrissaient de nombreuses émotions, s'imprégnaient à certains souvenirs et pouvaient d'un coup me les ramener à vif…

Dans les couleurs et les parfums, il y avait tant de présences indéchiffrables, que je me mis à suffoquer et à mourir, jusqu'à ce que je trouve moyen d'apaiser mon esprit. J'appris à le laisser recevoir cet inconcevable dans une *hospitalité sans limites.* Je compris à quel point l'odeur du sang, de la chair apeurée, du frisson d'agonie, m'avait fermé à cet hosanna qui naissait de partout, tout le temps, montait et descendait de partout, tout le temps, et emplissait le vent d'une présence innombrable, changeante, et qui vous installait dans… un des cœurs du monde. Et je passai de longues ventées à simplement ouvrir le bec et simplement goûter à la saveur du vent.

Je voyais tout différemment. Ces vies colorées, chatoyantes. Ces moires et ces velours qui participaient des états de la vie. Fasciné. Dévasté. Éclaté au plus large. Je passai des saisons à observer les vies de Rabuchon rien que pour les voir vivre. Rien que pour vivre d'elles. Le Foufou et ceux de son engeance n'étaient pas seulement des vivacités d'ombres et d'éclats, c'étaient des légendes miroitantes de blancs froids ou chauds, d'ombres naturelles, de verts, de rouges, de noirs métalliques, de subtilités jaunes et bleues qui parfois se confondaient avec les bleus du ciel et les verts innombrables des présences végétales. Les voir en couleurs démultipliait leur merveille et leur force.

Comme j'avais été aveugle !

Comme j'étais hors du monde !

Je compris encore mieux à quel point les vies se tiennent, combien nulle n'est centrale, plus digne, plus importante. Elles portent les mêmes couleurs. Elles se lient, se relient, se rallient, se relaient et se relatent avec les mêmes couleurs. Et je compris combien, à la base de la vie, il y avait encore une infinité de possibles en devenir, de devenirs possibles… et qu'au fondement de toutes les vies de Rabuchon, comme de la mienne, il y avait les fleurs.

Et qu'au-delà des fleurs, il y avait…

Hinnk !

CÉLÉBRATIONS – Je retrouvai un peu de l'ivresse des hauteurs quand les couleurs et les parfums emportèrent ma mélancolie. J'entrepris de tout contempler une fois encore, comme l'avait fait le Foufou et comme il n'arrêtait pas de le faire. Les saisons défilaient ainsi. Les pluies et les vents aussi. La lumière fixe devint le jour. L'obscur aveugle devint *des nuits* — et la nuit se transmua en une découverte de fragrances et de teintes délicates qui délitaient l'obscur jusqu'à la symphonie. Je sentais la présence des vieux arbres, la frissonnante intensité des herbes. Je voyais vivre la terre accrochée aux blessures de gros rochers moussus. L'eau de la rivière, de rosée ou de pluie, était un spectre de transparences et de blancheurs, peuplé des sillons colorés qui en faisaient une matière vivante. Je crus que toute matière était vivante, que la mort même était vivante, et que la vie tenait à une infinie réorganisation de ce qui lui était donné et qu'elle transmuait en don. *Que de merveilles, que de merveilles dans la contemplation !* Je percevais mieux pourquoi le petit maître lui avait consacré l'essentiel de son temps. Il ne s'agissait pas de seulement comprendre, de seulement connaître, mais d'aborder une plénitude qui faisait l'existence et l'incitait à vivre l'impensable de la vie.

À l'aube, je me dis que les vies sont des forces. Les vies sont des merveilles. La force de l'une est la merveille d'une autre. La merveille de l'une est la force d'une autre. Leurs rivalités sont des lieux de naissances. Leurs extrêmes sont des champs de possibles pour d'autres équilibres. Je me dis aussi qu'au-delà de toutes vies chaque *présence au monde* constituait la facette potentielle d'une immense plénitude. *Hinnk !* Je n'étais pas dupe. Je voyais à quel point ces formes, ces couleurs, ces parfums étaient liés à des nécessités de reproduction et de survie, mais, pour qui réussissait à les dépendre de ces utilités — les élever à pure célébration — la splendeur du vivant se déclarait inépuisable et confondante. Je frémissais maintenant à l'idée de ces vies détruites par l'avidité carnassière de mon bec. Je tremblais de honte à l'idée de mon plaisir ancien sous chaque goulée de sang. Survivre mobilisait les accroches du plaisir, mais ces plaisirs pouvaient s'enfermer sur eux-mêmes, vous retirer du monde, vous soustraire à la vie même. Vous abaisser à vivre seulement pour vivre — et sans vivre la vie…

La célébration seule…

Alors, j'éprouvai l'indicible d'un étrange sentiment. Il surgissait d'une perception très ample de ces existences liées entre elles, de ces apparitions et de ces disparitions, de ces vies et de ces morts, de cette splendeur diffuse faite de complexités, qui perdurait en totalités grandioses ou impalpables, et qui m'étaient un peu devenues accessibles, comme ça, sans m'y attendre, dans le vent, les souffles, les sensations fugaces du sentiment de… la beauté.

Je devins d'une économie pieuse avec ce qui relevait de la vie. Je ne chassais presque plus, je ne mangeais que peu. Ne me montrais gourmand que de l'air vif des hauts. N'éprouvais d'appétence que pour l'eau des orages que je gobais au vol. Cela me laissait du temps pour voir, contempler, admirer… Cette autre manière d'envisager la vie, et de vivre avec elle, me souligna combien j'avais exagéré du sang et de la chair. Je pouvais désormais tenter de vivre en plénitude, sans démesure autre que cette délicatesse. Ma vie s'installa dans un calme zénith, hors éclat, hors extrême, d'ampleur solaire et de rondeur lunaire. Elle demeurait bien plus sensible qu'avant aux interrogations, mais j'en étais heureux : de ventée en ventée, je me réinstallais dans l'idée du vivant. Mon esprit, tel un foc de voilier, ou l'aile d'un pygargue voyageur, sollicitait la moindre manifestation du suc de vie — quête d'autant plus exaltante que ce suc, inaccessible et insondable, était présent autour de moi, du plus lointain au plus intime de moi.

Je m'envolai au-dessus du Foufou pour le remercier de ce qu'il m'avait apporté. Ce n'était plus un vol de majesté, mais l'étiquette d'une humilité reconnaissante. De respect aussi.
C'était un maître.
Je le vis poursuivre sans désemparer sa traite de la poussière des fleurs. Il regardait autour de lui, guettait le moindre détail, comme à la prescience d'un grand bouleversement qu'il fallait dès à présent combattre, à toute force, tout du long, n'importe où...

LA MORT – J'étais empli de sérénité. Mon vol se déployait sans orgueil au-dessus de Rabuchon, dans une gourmandise du plaisir de voler, d'être là, vivant dans l'ovation des vies. La frayeur dont je me nourrissais jusqu'alors s'était atténuée sur mon passage. Elle avait peu à peu disparu pour laisser place à une fascination perplexe. C'est vrai que je me contentais de gober des existences affaiblies ou malades. Que mes traques étaient décentes et que mes exécutions n'étaient plus théâtrales. Dans mes rapports aux existences, j'étais devenu bienveillant, attentif, disponible, sans pour autant surgir dans le cours des destins. Ceux qui vivaient dans mon entour percevaient bien cette bonhomie distante. Je sentais des effluves de *considération*. Même Colibri me zieutait autrement. Il ne comprenait sans doute plus l'intensité de la haine qu'il m'avait témoignée. Il pouvait me surprendre à contempler une fleur. Prévoir la finesse avec laquelle j'effleurais du bec certains pétales, recherchant leurs senteurs, le goût de leurs poussières aux échancrures des étamines. Elles faisaient maintenant partie de ma famille, du meilleur de ma vie. D'apprécier ces existences me rendait attentif à mon existence propre, d'autant mieux que celle-ci se voyait restituée, sans hiérarchie ni prétention, au faste général… Puis je connus le choc de me découvrir mort.

Levé dès la première lumière, j'opérais mes rondes habituelles, en recherchant le maître du regard, quand je découvris un corps échoué sur l'une des pentes de Rabuchon. J'atterris à côté de ce troublant cadavre. C'était un rapace de belle allure, aux plumes flétries, au bec de corne épaisse. Sans doute foudroyé en plein vol. J'avais assisté à la mort des grands aigles. Leur immobilité soudaine, leur insondable pétrification que seule pouvait défaire la râpe têtue des vents. Mais là, dans l'abîme d'une empathie, je me découvrais mort, livré à l'insulte des chaleurs, à l'offense des décompositions. Je voyais l'aboutissement normal d'une existence et, en même temps, une furieuse injustice. Comme une absurdité. Je saisis le corps de mon bec et l'emportai vers la cime des Pitons. Je l'installai dans un creux de mousse bleue. Et je revins vers Rabuchon dans une bizarre sérénité. Une urgence calme, alerte lente et profonde, qui amplifia le mouvement de mes ailes, ou peut-être la perception que j'en avais. Qui amplifia aussi l'avidité de mon regard. Je devins plus que jamais attentif à la moindre plénitude. Chaque seconde sans éprouver le sentiment de la beauté était devenue pour moi un gaspillage honteux, une acceptation de la mort la plus vile, donc d'une défaite piteuse. Il m'était maintenant clair que ma lignée s'était créée bien en amont de moi, et qu'elle continuerait bien longtemps après moi, qu'elle me traversait et qu'elle m'utilisait comme la vie me traversait et qu'elle m'utilisait afin de se maintenir n'importe où et dans n'importe quoi. Mais je savais aussi qu'il m'était donné de vivre mon existence avec le plus d'intensité et de beauté possibles. Que cela ne dépendait que de ma vigilance et de ma volonté. De mon désir total.

Mais quelquefois mon Alaya ressurgissait en moi, et me rappelait mon ancienne certitude. Mon ancienne inconscience. Il y avait, là aussi, une forme de plénitude que je me mettais parfois à regretter. J'avais perdu en sérénité aveugle, et en paix, ce que j'avais gagné en émerveillement et en vigilance pleine. Quand cela me passait, j'éprouvais la sensation d'émerger de l'étroite ivresse de l'Alaya, avec une gueule de bois, dans un élargissement solaire, lucide et exigeant.

CHANGEMENT – Je n'étais pas le seul à avoir changé. Colibri avait repris la direction des colibris de Rabuchon. Il ne semblait pas avoir reconstitué ses escadrilles de guetteurs et guerriers… Il avait organisé les choses d'une sorte que j'ignorais car je ne m'étais pas soucié de ses allées-venues. En revanche, je vis de manière très nette qu'il saluait le maître chaque fois que ce dernier traversait devant lui. Parfois même, il incurvait son vol pour lui présenter une qualité d'hommage dans un froufrou des ailes.

Par identification volontaire ou pas, Colibri s'exerçait (comme bien d'autres) à la contemplation de fleurs, d'insectes et du vivant en général. Il était devenu moins agressif sur les affaires de territoires. Il laissait traverser, parfois même s'installer, les migrateurs hagards. Il n'y avait plus de drames, plus de barrages, plus de reconduites à cris et à scandales. Son administration était imperceptible. S'il éclatait quelque conflit, cela se régulait dans un échange de chants, entre parades et rituels, rarement dans la gerbe d'une violence ou le tranchant d'une force. Parfois, il suivait le Foufou en compagnie de sa cour et d'une dizaine de jeunes. Tous paraissaient curieux de comprendre ce que faisait le maître en transportant sans un répit la poussière des fleurs. Cela discutait sec. Les hypothèses étaient nombreuses. Colibri n'en émettait aucune et semblait réfléchir. Je guettais ses pupilles pour tenter de mesurer l'étiage de son esprit. Si j'y perçus une escarbille d'éclat, je ne découvris jamais de cette « activité » qui explosait dans les yeux du Foufou et les rendait si étonnants. Mais je le sentais sensible à la sapience du maître et au souci qui l'habitait : *un mystérieux bouleversement se préparait, venu du fond du monde, et il fallait agir.*

La mort lente en œuvre dans Rabuchon n'était qu'une face localisée d'un plus large malheur. C'est le monde qui criait. Les oiseaux de passage en parlaient tous les jours, d'autant que Colibri, au lieu de les traquer, aimait maintenant à les interroger. Il les laissait même s'installer à demeure si l'envie leur venait. Le nombre des voyageurs était inhabituel. Ils provenaient de contrées sans nom, situées derrière les quatre horizons, à croire que les lointains s'étaient tous rapprochés. Certains fuyaient des pluies acides, d'autres des glaces insensées. Beaucoup évoquaient un khamsin de cuivre et de cobalt, des forêts assoiffées qui brûlaient comme des torches, des pluies vents et cyclones qui grondaient comme des monstres… J'imagine que Colibri avait dû questionner à ce propos le maître, lequel ne lui avait répondu que par des cris roulés, sans sermon ni conseil. Pour finir, il avait enfin compris (du moins je le suppose) que le comportement enfantin du Foufou était dû à d'autres exigences qu'une simple dissipation ; surtout, que ce qui l'avait conduit à échouer dans mon aire — à provoquer ainsi la mort de leur Donneuse — était lié à cette dévorante curiosité qui, en finale, nous avait été précieuse.

Je lisais en Colibri comme dans une fleur ouverte. En face du Foufou, il éprouvait ses limites tout comme j'avais enduré les miennes. Il ne trouvait aucun moyen de les outrepasser. Il avait sans doute compris que le maître avait dégagé un horizon que (tout comme moi) il s'efforçait d'atteindre. Le Foufou servait désormais de balise à sa vie, telle la perspective du plus lointain Piton ou d'un nuage inaccessible.

SALUTATION – Il me fallut beaucoup de temps pour me le formuler à moi-même. Je n'y parvins que dans un extrême de ma nouvelle sérénité. Je n'avais rien à protéger et donc à perdre. J'avais seulement à vivre ce qui m'était donné.
Cette petite créature était mon maître.
Je me le déclarai dans les hauts vents de Rabuchon. Et me le répétais en descendant vers lui. *Mon maître, mon maître, mon maître.* Je sentais mon Alaya se révolter à cette idée. Je percevais aussi l'apaisement de chacune de mes fibres à la simple acceptation de cette réalité.

Parvenu auprès de lui, au plus près, j'essayai de le saluer avec le rituel d'honneur des grands aigles. J'ouvris les ailes, redressai la tête, exécutai les inclinaisons qui me ramenaient à hauteur différente, vers la gauche à chaque fois. Je tournoyai autour de lui ainsi, et je sentis l'émoi s'épandre dans Rabuchon. Même si chacun percevait qu'il n'y avait là pièce agressivité, la crainte était palpable. Mon maître — que je n'avais pas revu de si près depuis notre affrontement — n'en fut pas troublé. Il ne m'accorda aucun regard non plus, juste voué à sa tâche, couvert de la poussière de fleurs, concentré, attentif à ce qu'il faisait. Je percevais l'intensité incroyable de son vol, sa précision et surtout son urgence absolue, comme si le mystérieux cataclysme qui nous menaçait se révélait très proche.

Je voulais qu'il me reconnaisse comme disciple. Qu'il sache une fois pour toutes ne rien craindre de moi. Que j'étais désormais à son écoute et même à son service. J'opérai mon salut à maintes reprises, sans altérer sa concentration, puis je m'en allai sans amertume...

Toute la sérénité du monde était en moi.
Je le regardais de loin avec une immense gratitude.
J'avais enfin compris...
Il n'avait pas besoin de disciple. Il n'avait pas besoin d'élève. Il n'avait pas besoin d'honneur. Il faisait juste ce qu'il avait à faire de sa vie, et du mieux qu'il le pouvait. Il n'imposait rien à personne sinon à lui-même et aux batailles qu'il s'était choisies. C'était un bien étrange guerrier.

Il menait une guerre dans laquelle nous ne pouvions rien, et à laquelle nous ne comprenions rien. Il ne pouvait rien pour nous. Nous ne pouvions rien pour lui… j'étais à ce niveau de perception des choses quand le Féroce survint dans Rabuchon…

LE FÉROCE – Il surgit dès le rose de la première lumière, et opéra une ronde de défi. De ma plateforme, je le distinguais mal. Il était sans doute de ma lignée. Il n'était pas non plus étranger aux grands aigles. Je perçus l'incroyable dégagement de sa cruauté. Comme une obscurité volcanique, nourrie d'une Alaya qui aurait pu provenir de toutes les férocités envisageables. C'était un effrayant barbare, rayonnant de force et de volonté, et plein de suffisance. D'évidence, il se croyait (comme moi durant mes jeunes années) au centre du vivant, élu par l'existant.

Le mouvement de son vol signifiait à tous que Rabuchon lui appartenait désormais. Il semblait affamé car il s'abattit sur des poules, des rats, des tourterelles, des grenouilles, des merles, des colibris… Dans les grands poiriers, il dévasta des nids de toutes sortes et avala des œufs. Vers midi, on aurait pu le croire rassasié, mais il poursuivit ses destructions en allant fracasser des abeilles, des papillons, des libellules… Il sema la terreur durant près de trois jours. Je connaissais cette manière de prendre un territoire. Terrifier fort, terrifier vite, installer sans attendre une tutelle verticale dans la sidération et la désespérance. Il frappait des oisillons, brisait des œufs qu'il ne prenait pas la peine de manger, et il tournoyait au-dessus de Rabuchon avec des cris sans âme qui tracassaient les existences.

Riposte – Colibri avait perçu qu'il ne s'agissait pas d'un immigrant ordinaire. Il préféra dissimuler ses forces et prendre le temps de l'observer. Il organisa la riposte lors de la deuxième journée. Il remobilisa ses anciennes escadrilles, s'associa à des centaines de merles, de sucriers, de tourterelles, même d'abeilles et de vonvons, qui avaient été victimes d'une manière ou d'une autre des frappes du Féroce. Même contre le Foufou, on n'avait jamais vu une si large alliance à Rabuchon, et nulle part au monde, je n'avais vu autant de volatiles d'espèces très différentes s'unir de cette manière.

Ils fondirent sur l'envahisseur en début de journée. La manœuvre étant bien préparée, ce fut un mouvement tournoyant qui se resserra à mesure sur sa proie. Le Féroce très calme les laissa faire, avec un aplomb qui dérangea mes plumes les plus sensibles. Ils l'encerclèrent soudain, dans un fracas de cris divers, et tentèrent d'un bel ensemble de lui crever un œil. Ce que je redoutais se produisit. Ce rapace était un tueur-né. Les merles, sucriers et tourterelles, estropiés par dizaines, s'écrasaient dans les ravines. Les cicis minuscules étaient déchiquetés en différents caillots, parfois tellement infimes que le vent jouait avec. Les colibris étaient décimés en moins grand nombre car ils étaient rapides, mais ils tombaient aussi en une pluie sinistre qui écœurait les Nocifs accourus au spectacle. Colibri rompit l'engagement, et ordonna une dispersion générale, cependant que le Féroce ouvrait une ronde de victoire et de domination.

Je n'avais pas bougé de mon aire. Je n'étais pas le seul. Durant ces effroyables journées, le maître était demeuré imperturbable dans ses charrois de poussières. Parfois, je l'avais vu transporter de petites formes qui semblaient être des graines. Il les récupérait dans son coin luxuriant et les disséminait dans les lieux désolés. Cette tâche lui occupait l'esprit. Quand le Féroce survint, il ne donna jamais le sentiment de l'avoir remarqué. Quand ce barbare se mit à tout ruiner sur son passage, il négligea le Foufou. Ce dernier était si minuscule et rapide que le fauve l'avait frôlé à maintes reprises sans même y porter attention. Des douleurs avaient cisaillé Rabuchon. Des paniques avaient troublé les pentes et les cimes veloutées. Partout : des jonchées de cadavres, des nids éparpillés, des œufs qui suintaient des broussailles… Le Foufou avait pourtant continué ses rondes sans la moindre émotion. Au moment de la riposte collective, les corps déchiquetés tombèrent en avalasse autour de son impassible croisade. Quand le Féroce poussa son cri de victoire, et qu'il réitéra ses rondes de possession, le maître là encore n'eut aucune réaction.

Colibri avait crié la retraite. Les colibris s'étaient réfugiés sous les mahoganys et les champs de bananes. Les autres volatiles avaient fait de même dans une débandade. Le Féroce maintenait Rabuchon sous ses rondes permanentes. Aucune existence ne pointait au grand jour. J'entendais pleurs et gémissements. Grincements de mandibules et tristesses chitineuses. J'entendais Colibri reprocher au Foufou indifférence et lâcheté. Celui qui s'était vu si hautement adulé dégringolait de seconde en seconde dans l'estime collective. J'entendis même quelques émois s'élever vers ma plate-forme, m'appeler, me chercher, me supplier d'intervenir…

Moi, je n'étais préoccupé que par l'attitude du maître.
Quel était le sens de son refus d'implication ? En quoi ce qu'il était en train de faire valait mieux que porter assistance aux victimes du Féroce ? Le bouleversement à venir dessous le cri du monde était-il à ce point considérable que rien d'autre ne devait occuper les esprits ? L'apparition du barbare était-elle à ce point conforme à l'ordre du vivant qu'il fallût laisser les équilibres de la vie et de la mort se négocier eux-mêmes ?… Ces questions n'en finissaient pas d'aller en caravanes…

Je ne comprenais pas son attitude, mais je percevais le calme qui habitait l'éclat de ses consciences. Une sérénité qui couvrait tout l'espace, sans jamais tressaillir de la présence odieuse. Il m'était d'autant plus nécessaire de comprendre que, de mon côté, je n'avais pas non plus tressailli en découvrant les grandes ailes étrangères au-dessus des Pitons. Rabuchon n'était plus pour moi un territoire. Ni une possession de quelque nature que ce soit. Je n'étais accroché à rien. Une amplitude très fluide m'habitait. Rien de ce que faisait le Féroce — même si mes serres avaient parfois frémi et que mon thorax s'était presque gonflé — n'avait pu rompre cette fluidité distante installée entre moi et ces péripéties animales. Dans un grondement lointain et sourd, je sentais mon Alaya qui sonnait le tocsin. Mais je ne bougeais pas car... le maître ne bougeait pas.

Maître-guerrier – Une saison de fourmis volantes s'écoula ainsi. Le Féroce n'avait toujours pas remarqué ma plate-forme. Il s'était installé sur les hauteurs de vieux poiriers qui penchaient dans les brumes, juste au-dessus des grands fonds. Il passait son réveil à traquer l'habitant. Le reste de la journée, il s'amusait à défier les tourbillons du vent qui raclaient les pentes dans des soupirs sans âme. Le Féroce était tellement robuste qu'il tenait tête à ces bourrasques et parvenait, durant quelques instants, à donner l'impression d'être immobile au vol. Il devait disposer d'une grande expérience des vents et des voyages. Ses techniques de vol étaient impressionnantes et, par quelques aspects, bien plus ingénieuses que les miennes.

J'avais du mal à ne pas perdre le Foufou des yeux, mais, souvent, je prenais le temps d'observer le Féroce. Je le comprenais. Il était simple. Son Alaya était très lourde, très dense, reptilienne, et somme toute assez rudimentaire. Je percevais chez lui une inquiétude qui m'était familière : ce puissant craignait de ne pas être le plus fort… et c'était sa faiblesse. De le voir se jeter sur des œufs, sur un pigeon de passage, les déchiqueter avec une inutile brutalité, me donnait le sentiment que c'était la violence elle-même qui le fascinait. Comme s'il avait décidé d'en connaître l'extrême. C'était une violence insensée, vide, aveugle, qui se nourrissait d'elle-même et qui lui procurait une jouissance identique à celle que devait éprouver la horde des merles fous, gavés d'herbes enivrantes. Je percevais de plus qu'il ne comprenait rien à sa propre vie, ni à la vie elle-même, *comme si le cri du monde souffrant n'en finissait pas de résonner en lui.* J'avais parfois le sentiment (en le voyant écrabouiller le cou d'une mangouste) qu'il craignait la chose vivante tout autant qu'il craignait le vide de sa propre vie.

Son Alaya était brûlante. Je la percevais rouge sombre, avec des moires violettes et des cisaillements blancs. Il n'existait aucune distance entre ses chairs et cette intransigeance immémoriale qui le tenait sous son emprise. Je sentais aussi qu'une souffrance ancienne l'avait tétanisé — sans doute la perte de sa Donneuse, victime d'un grand aigle. Cette image était restée gravée dans son esprit. Il avait conservé la vision du tueur flambée dans sa mémoire, s'en était fait une obsession... *Hinnk...* Cette hypothèse me paraissait probable... dans ses gestes, il singeait les grands aigles. Ses manières de voler, de fondre sur sa proie n'étaient pas celles de son espèce. C'était le style d'un maître-guerrier des hautes montagnes et des vents dominants.

COLIBRI AU COMBAT – Tout le monde se tenait à couvert et se dissimulait. Le peuple des colibris vivotait sous les mahoganys. Le Féroce y pénétrait rarement. Quand il y paraissait, Colibri renvoyait ses ouailles sur un bord opposé sous les épais feuillages, dans l'immobilité et le silence. Cela ne dura pas. Le Féroce finit par découvrir leur tremblotante concentration. Il se mit à les traquer sans fin, virevoltant à l'entour du bosquet, et à les terrifier, au point qu'ils furent des dizaines à s'occire contre les branches, à blackbouler dans les campêches, cul pour tête dans les fonds... Hélas, ce qui devait se produire arriva...

Colibri poussa un cri de guerre et se dressa seul en face du Féroce. Je pense que ce dernier n'avait jamais pris conscience de l'existence des colibris. Ils avaient été perdus dans la nuée attaquante, et ceux qu'il avait décimés l'avaient été dans des ahans aveugles. En découvrant ce simili-insecte qui le défiait de ses froufrous, le Féroce fit ce que j'aurais fait moi-même. Il méprisa l'insignifiant défi, contourna le petit cirque vibrionnant, et voulut regagner les hauteurs. Mais Colibri le poursuivit, lui fourragea le cloaque avec la pointe de son long bec. Le Féroce réagit d'un coup d'aile. Colibri valdingua dans les airs. Le Féroce tournoya autour du petit corps qui retombait inanimé, puis il l'intercepta dans l'étau de son bec. Je crus qu'il l'aurait écrabouillé d'un coup, mais il se contenta d'une zébrure de la tête qui expédia l'impertinent vers les pentes basses de Rabuchon. Le Féroce s'éloigna en éructant un petit cri de dégoût… J'assistais à cela de très loin, mais rien ne m'échappait. Sans comprendre pourquoi, j'étais en communication étroite avec ce barbare. Je recevais ses émotions presque au moment où il les éprouvait. Je pouvais lire en lui comme dans la plus évidente des peurs ou le parfum d'un sang brûlant…

C'est alors que je vis le Foufou réagir. Lui, qui avait semblé ne rien voir, se porta soudain en direction de Colibri. Il le rejoignit en un éclair, se glissa en dessous, et parvint, en voletant vers le sol, à ralentir sa chute. Colibri tomba tout mol dans l'herbe épaisse. Le Foufou demeura auprès de lui jusqu'à ce qu'il ait retrouvé ses esprits. Mais le Féroce avait suivi l'affaire. Au bout d'une volte-face fulgurante, je le vis fondre sur eux…
Une foudre de malheur.

Alors, j'ouvris les ailes, et je quittais mon aire dans ce vol humble et tranquille qui désormais était le mien…

UN ADVERSAIRE – Le Féroce eut un grincement de surprise quand il me découvrit en train de voler au-dessus de lui. Il stoppa son attaque et entama des rondes d'évaluation avec une frénésie incroyable. Sa férocité atteignit à un degré extrême. Pupilles rougeoyantes. Serres convulsives. Bave d'excitation aux encoignures du bec. Il avait enfin un adversaire à sa mesure ! Moi, je le vis de près pour la toute première fois et je perçus les vibrations de son Alaya…
Elles correspondaient aux… miennes.
Troublé, je me rapprochai encore et… je le reconnus.
Ou plus exactement : *je me reconnus.*
Cette férocité était la mienne, mais celle-ci gisait désormais dans un lointain de moi, alors que, chez lui, elle possédait la totalité de son être, frissonnait jusque dans ses plumes, m'enveloppait de ses ondes délétères…
Cela me troubla.
Je retins mon attaque.
Lui, en revanche, déclencha la sienne.

Je vis une trombe se jeter vers mon cou. Je m'apprêtais à une riposte quand ses yeux s'accrochèrent aux miens. Je les vis se décomposer tandis que son bec s'ouvrait sur une grimace. Il rompit l'affrontement. En quelques tours d'ailes, il se retrouva à presque sept ventées plus loin, m'observant, incrédule. Je pensai qu'il m'avait reconnu. Il faut dire que j'étais une légende, qu'en bien des horizons j'avais incarné la menace essentielle. J'avais affronté et vaincu des aigles royaux de première importance. Ma réputation d'invincible m'avait précédé sur bien des terres et en bien des contrées... Le Féroce me craignait, ou alors il ne me sous-estimait pas.

Il tournoya longtemps pour reprendre ses esprits. Quand il revint pour une ronde de défi, je le fixai encore, et... je me sentis mal. Ignorant son cri de prélude à la guerre, j'inclinai mes ailes par deux fois sur la gauche, puis grimpai quelques mètres en planant vers la droite : lui notifiant ainsi que je ne l'affronterais pas. Je fis claquer mes ailes puis, au bout d'un cercle tranquille, tandis que je m'éloignais, je lui présentai mon dos, l'éventail de ma queue. Dans le silence de mon esprit troublé, je priais l'Alaya pour que jamais il ne m'advienne de porter le bec contre une vie à laquelle ma vie avait donné la vie... Le Féroce était un de mes fils.

Les grands aigles – J'avais fréquenté quelques femelles dans mon enfance, en maints endroits, bien des îles et montagnes. Il était naturel que je dispose un peu partout de quelques rejetons aussi puissants que moi. Mais je ne m'attendais pas à en rencontrer un qui soit autant plein de fureur et de méchanceté. Sa barbarie était un peu la mienne. J'avais sans doute été comme lui bien avant que je ne rencontre ces grands aigles qui allaient préparer mon changement… Les souvenirs de ma jeunesse me revenaient tandis que je lovais mes ailes dans le tiède de mon aire…

J'avais affronté des milliers de prédateurs, toutes qualités de rapaces, dans une brutalité extrême, jusqu'au jour où, survolant des cimes miroitantes, je vis flotter vers moi une ombre majestueuse. Un grand aigle. Inconnu. Son envergure était tellement impressionnante qu'il avait dû vivre un océan de saisons. Je fus frappé par la dignité de son vol. Aucune onde d'une possible brutalité n'en émanait. Rien que de la douceur. Rien qu'un calme abyssal qui semblait m'aspirer. Plein de fougue, je lui projetai un long cri de bravade et ouvris sans attendre le rituel de la guerre. Lui, poursuivit son vol sans même me regarder.

Après une astuce d'aveuglage, je fonçai avec l'idée de lui briser la nuque. Mon bec ne frappa que le vide. Je le cherchai avec fièvre avant de le retrouver serein à mille ventées de là. Je plongeai vers lui une fois, deux fois, mobilisant mes fulgurances. Lui, m'évita dans une égale facilité, se volatilisant flap pour apparaître ailleurs. Atteint dans mon orgueil, je résolus de le frapper à mort, sans respect d'aucune règle. J'eus alors, je ne sais comment, la chance de me rapprocher de lui.
Et mon regard croisa le sien.

Je découvris ses yeux.
C'est peut-être ce qui me sauva la vie.
Une inflexibilité impeccable qui me fixait. Placide. Cela me remplit d'effroi. Cet être aurait pu me terrasser s'il l'avait voulu. Mon vol se brisa. Je tombai comme une pierre avant de retrouver une faible assise au vent. Quelque chose s'était fissuré dans ma barbarie. Sans savoir pourquoi je le suivis longtemps, jusque dans ces montagnes où il logeait sur des mousses grises, couvertes de givre et de vieilles plumes. Une fois posé, il resta immobile, sans pour autant donner l'impression d'une absence. Il était là, yeux ouverts, total, dans une stase intense. Il m'ignorait, pourtant je me sentais pris en compte dans une infaillible concentration. Je demeurai à ses côtés sans aucune impatience, puis je vis apparaître quelques autres, de même majesté que lui — humbles, insondables et dignes — et qui vivaient sur ces cimes impossibles. Ils se rencontraient quelquefois, demeuraient en silence côte à côte, planant ensemble ou se tenant sur des arêtes de glaces, battus par les vents sans merci des hauteurs.

Jamais ils ne s'adressèrent à moi, mais je les observai durant et-cætera de saisons. Je les suivis dans de lentes virées autour de cimes diverses. Je les vis vivre sous des cieux différents, ventée après ventée. J'en vis mourir quelques-uns. J'en vis d'autres maintenir une sorte d'éternité. Toujours dignes, toujours humbles, toujours en alerte et toujours insondables. Dans ces silences glacials, ces immobilités sans fin, ces vols magnétiques qui ne servaient à rien, mon esprit se retrouva envahi de questions. Elles demeurèrent informulables. Ces êtres savaient des choses. Leurs présences rayonnaient comme des champs de magie. Tout à ma folle jeunesse, je me contentai de copier leur manière de voler, de singer leur prestance, de me croire introduit dans cette noble lignée. Quand je repris les airs (vaincu par les glaces et les vents effrayants), ils ne m'avaient jamais accordé le moindre signe, ni distingué quoi que ce soit en moi comme l'avaient si souvent conté mes vantardises. Je n'avais conservé de cette rencontre aucune leçon, aucun message, aucune connaissance claire : juste un mensonger orgueil qui me laissait accroire que cette seule proximité m'avait rempli de leurs vertus. Les côtoyer n'avait fait qu'envenimer mon arrogance, obscurcir la perception de moi-même… Nonobstant, dans mon corps endurci par les glaces, mon esprit était devenu mieux sensible aux questions, plus curieux des mystères…

C'est dans cet état que j'étais parvenu à Rabuchon…

Le massacre des fleurs – Féroce n'en finissait pas de tournoyer au-dessus de ma plateforme. Je croyais me revoir quittant l'aire des grands aigles et projetant ma vanité à la conquête du monde. Il demeurait à bonne distance sans amorcer d'attaque. Ses cris et ses rondes de défi s'exacerbaient de ne rien recevoir en retour. J'étais certain qu'il avait reconnu en moi, pas seulement le terrible combattant, mais aussi son Donneur. Cela ne provoquait chez lui aucune levée d'un quelconque sentiment, mais un mélange invivable de fureur et de prudence...

Sans jamais se rapprocher de mon aire, il fila mille rondes de défi auxquelles je n'accordai pas un regard. Il eut du mal à s'habituer à ma présence. Elle le gênait. Au fil du temps, il retrouva son arrogance et se mit à voler à très basse altitude, en déployant des cris de possession qui dérangeaient les Nocifs dans leurs antres. Parfois, il se posait sur l'un des grands poiriers, dans l'axe de ma plate-forme, et entreprenait de me scruter d'une manière bizarre. Pas seulement comme on regarderait son donneur ou un guerrier puissant, mais comme on fixerait une totale étrangeté. Ce qui émanait de moi n'était absolument pas compréhensible pour lui.

Hélas, il remarqua que je suivais du regard les vols du Foufou. Son attention se fixa sur le manège répétitif du maître. Ce dernier enchaînait ses rondes intrigantes selon des entrecroisements dont il était le seul à connaître la logique. Le Féroce se rapprocha du Foufou afin de l'observer. Il s'ingénia à le suivre en sautillant de branche en branche. Puis il se plaça sur le chemin du maître, le forçant à opérer de fastidieux détours. Enfin, il entreprit de le frôler des ailes en éructant quelques insanités. Ce faisant, il me lorgnait sans cesse, moi qui du haut de mon aire le regardait en retour fixement. Malgré mon impassibilité, il avait deviné le lien qui existait entre le maître et moi, et voulait l'utiliser pour m'amener au combat. Mais je restais stoïque. J'étais d'autant plus inquiet pour mon maître que la sagesse exigeait de ne pas accorder à Féroce un plus de sang et de violence absurde.

Toujours égal à lui-même, le Foufou se contentait de l'éviter. Il poursuivait tant que cela lui était possible ses rondes complexes entre les plantes. Il inventait sans cesse de nouvelles approches. Le barbare était toujours en retard d'une boucle, en avance d'un arrêt, et restait incapable de prévoir ses mouvements. Hélas, le Féroce comprit trop vite l'importance qu'il accordait aux fleurs. Il se posa parmi les plus somptueuses et se mit à les saccager du bec et des serres. Il les écrasait sous son poids. Il les arrachait par grappes et les projetait en l'air pour les hacher du bec. Cette brutalité abjecte provoqua une indignation générale. Colibri et ses sbires poussèrent des chants de territoire. Les vonvons vrombirent de concert sans pour autant se rapprocher du fauve. Les merles, tourterelles et ramiers criaillaient en secouant les cosses de pois d'angole. Mes serres se crispaient de manière convulsive, mais je ne bougeais pas d'une plume. Le Foufou, lui, ne s'en troublait nullement et poursuivait ses rondes.

LA MORT DE COLIBRI – Colibri fut le premier à s'opposer au massacre des fleurs. Il vola au-dessus du Féroce en vrombissant selon la règle des défis habituels. Le Foufou abandonna ses rondes et le rejoignit afin de l'en dissuader. Mon maître le repoussa des ailes, parfois de tout son corps, mais Colibri empli d'une sainte colère le contournait pour s'en prendre au Féroce qui continuait de déchiqueter les fleurs. Comme le Foufou insistait, Colibri le bouscula d'une sorte inattendue. Mon maître dégringola une pente et disparut sous les fougères d'une ravine brumeuse. Le champ devenu libre, Colibri opéra une courbe sur les flancs des Pitons, puis revint à sa parade au-devant du barbare. Je me redressai un peu avec le cœur battant.

Ce fut la plus impeccable des parades guerrières que je vis de toute mon existence. Elle était toute d'intelligence, ciselée de grâce, portée par les milleniums d'une Alaya qui débordait l'engeance des colibris. Le Féroce se raidit, brusquement attentif. Les colibris poussèrent des cris d'admiration. Les merles s'arrêtèrent de criailler et bien des tourterelles prises de vertige durent se poser pour ne pas défaillir. Colibri exécuta sa merveille trois fois, puis il s'éleva dans une spirale somptueuse qui augmenta sa vitesse afin de lui permettre de lancer son attaque. Je l'avais vu crever ainsi le ventre ou les pupilles de plus d'un imprudent. Mais cette fois, un frisson déplaisant me soulevait les plumes…

À moitié invisible à force de vitesse, Colibri fondit sur le Féroce. Ce dernier ouvrit les ailes d'un coup, s'éleva de quelques mètres, se retourna presque sur le dos et frappa Colibri au poitrail. Le petit corps explosa en deux parts. Dans un craché de sang et de plumes, il voltigea dans le vent mol et retomba sur la pente la plus proche avant de rebondir en petites pierres sanglantes vers une ravine sombre. Le Féroce se précipita vers ces débris d'un rouge scintillant, les rattrapa au vol, renvoya la tête en arrière pour se les ajuster au col, l'un après l'autre, puis s'éleva à hauteur des poiriers où il les crachouilla d'un hoquet de dégoût. J'en étais horrifié. En recrachant ce magnifique soldat, il lui avait fait l'offense extrême. Manger son adversaire c'était lui rendre honneur. Je fermai les yeux pour ne plus voir cette brute. Son cri résonnait éraillé et ses ailes s'agitaient d'une ivresse meurtrière. Il était en train de massacrer tous ceux qui se jetaient sur lui quand le Foufou réapparut…

DÉCISION – Il remontait de la ravine d'où il avait vu tomber les restes de Colibri. Il s'élança d'un vol direct au-devant du Féroce. Les merles et colibris qui chargeaient ce dernier s'écartèrent devant lui. Et le barbare se retrouva en face de mon maître. Il inclina les ailes pour rejoindre le Foufou qui l'attendait en vrombissant. Son cri d'exécution retentissait déjà quand je pris mon envol.

Ce n'était pas l'Alaya qui me portait, c'était une volonté. *Ma décision.* Celle de supprimer une atteinte au vivant. En tuant Colibri de cette exécrable manière — cette sauvagerie que j'avais moi-même mise en œuvre à mon entrée dans Rabuchon —, le Féroce s'était placé en dehors du respect que l'on doit à la vie. Mes grandes ailes étaient vibrantes d'une conjuration sacrale. Je sentais rayonner de moi une force qui s'alimentait au plus lointain et au plus juste de la matière vivante. J'étais un espace. Une amplitude démesurée. Lorsque nous fûmes face à face, à tournoyer lentement, Rabuchon fut suspendu au jeu de nos silhouettes. Les Nocifs s'amassèrent sur les pentes pour goûter au spectacle. Les colibris et les merles se posèrent n'importe où. Le Foufou, lui, avait interrompu sa danse de défi, et, pour la première fois depuis notre rencontre, il me regardait.

Le vif de mon Alaya était comme assourdi. J'avais perdu de ma cruauté. Je n'étais plus un tueur impitoyable tel celui qui planait devant moi. Je percevais comme une clameur le lien de nos deux sangs. Déroutante complexité : je me regardais agir, je me voyais en pleine action, je soupesais en pleine conscience ce que j'étais en train de faire… Cela fut sans doute à l'origine de ce qui se produisit… J'empoignai le barbare par le dos. Ses vertèbres se tordirent sous mes serres. Ses ailes battirent à vide tandis qu'il poussait un braillement de surprise. Je soulevai la tête et l'éloignai de mon poitrail pour mieux déclencher ma puissance sur sa nuque. Mais quelque chose me fit hésiter. Je lui heurtai le crâne du bec, et lui relâchai ses vertèbres frissonnantes sans trop savoir pourquoi.

Le Féroce se retourna alors avec une vivacité incroyable et me cisailla le dessous d'une aile. Je me sentis entraîné de travers par une force impérieuse. J'avais beau battre l'aile valide, je ne faisais que tournoyer autour de l'aile blessée. Mes rémiges s'emmêlèrent. Et je tombai vers les grands fonds de Rabuchon en tourbillonnant comme une feuille de bois-canon.

Je tombai comme une pierre. Le Féroce dévala à ma suite afin de m'achever. Je vis les contours de la mort. Cette lumière en abîme, cette ombre en hosanna. Curieusement, j'étais empreint d'un calme inaltérable. Je tournai la tête juste pour distinguer une dernière fois mon maître. C'est alors que je réalisai que lui aussi tombait à ma rencontre. Son corps se glissa sous le mien et lui donna une impulsion. Il parvint à me retourner ainsi, ce qui me permit d'étendre mes deux ailes. Une douleur fulgurante me défit la poitrine mais je tins bon. Je maintins les ailes tendues jusqu'à capter un souffle porteur. Je descendis en relative douceur vers l'un des fonds de Rabuchon. Les grandes ombrelles du chou sauvage recueillirent mon douloureux atterrissage.

La défaite du Foufou – Je frissonnais de mes ailes impuissantes en regardant mon maître se porter au-devant du barbare. Il déploya sa science du harcèlement mais rien ne put dérouter le Féroce. Galvanisé par l'ivresse meurtrière, il réagissait aux astuces du Foufou en rompant le contact et en prenant d'un coup de la distance. Il ne se laissait jamais embarquer dans les spirales tortueuses ou dans les accélérations étourdissantes du maître. Quand il n'y comprenait rien, il s'éloignait, réajustait une claire vision des choses, revenait à l'attaque. Le Foufou le mettait en échec sans effort mais restait incapable de lui porter atteinte. Ils s'affrontèrent ainsi, en voltes et dérobades, attaques à vide et ripostes vaines, durant presque une saison de la brume du bambou. Puis, soudain, je vis le Foufou rompre l'affrontement et s'en aller vers les hauteurs à cette vitesse des grandes déroutes qui rend presque invisible. Interloqué, le Féroce demeura seul à tournoyer au-dessus de Rabuchon. Je poussai un sifflement d'impuissance et de consternation. Mon aile blessée tressautait sa misère. *Mon maître s'était enfui!*...

Le Féroce proférait des grincements sauvages. Rabuchon demeurait terrifié. Moi, j'étais cloué au sol. Mes efforts pour retrouver l'envol demeuraient inutiles. *Hinnk.* Un caillot durcissait sous mon aile. Je la tâtai du bec, la soulevai doucement dans le but d'évaluer une cassure de l'os. Il n'y en avait pas. Sinon, je n'aurais pas pu planer ni amortir la chute. Mais mon aile demeurait engourdie. Le caillot me lancinait le torse et ma tête menait un vieux manège. J'essayais de me remettre d'aplomb en conservant les yeux rivés sur le Féroce. J'aurais. J'aurais. J'aurais. Tout donné pour reprendre l'envol et l'anéantir une fois pour toutes. J'étais. J'étais. J'étais. Désespéré à l'idée de la fuite de mon maître. Bienheureux qu'il se soit préservé. Anéanti et exalté. Je voulais me persuader qu'il nous était plus utile vivant que mort, mais comment oublier cette consternation qui avait englouti Rabuchon au moment de sa fuite ? On avait trop espéré de lui. Sa débandade n'avait fait qu'augmenter la terreur qu'inspirait le Féroce. Zébrant le ciel comme un démon, cette brute paradait maintenant avec des siffles et des gémissements rauques.

LA MANMAN-AIGLON – C'est alors que le Foufou réapparut. Il rappliquait à pleine vitesse. Derrière lui, cou tendu, bec ouvert, la serre prête à broyer, déboulait une aiglon-pêcheur en furie. Le Foufou ralentissait pour créer l'illusion qu'elle pourrait le saisir, puis il accélérait. Soumise à ce régime, la manman-aiglon était en crise. Elle pointait bec perdu vers cette proie agaçante… *Hinnk*. Je compris ce que mon maître était en train de faire. Il se dirigeait droit sur le Féroce. Ce dernier, l'apercevant, chargea avec un couac de haine. Le Foufou se déroba soudain, obligeant les deux fauves à tomber face à face. Les brutes s'assaillirent dans un fracas de plumes, de cris et gémissements. La mêlée fut effrayante. Un vrac de brutalités sans grâce et sans principe. Je crus voir des scintillements de chair tandis que ces colères indémêlées virevoltaient en l'air. Le Féroce décrocha du remous, tenta de s'éloigner, puis bascula à la renverse. Je ne pus réprimer un frisson de plaisir en le voyant tomber. La manman-aiglon, éclopée elle aussi, dégoulinante de sang, effectua une courbe claudicante avant de plonger à sa suite, bec en avant pour l'estocade.

Le Féroce était tombé à quelques mètres de moi. Il avait le cou ouvert, le poitrail dilaté de sang mort, et ses ailes tressautaient. Il hurlait d'impuissance en se tordant comme une pieuvre. Ses pupilles hystériques n'en finissaient pas de fixer le ciel d'où la manman-aiglon dégringolait vers lui. Il commençait à sautiller au sol pour essayer de lui échapper quand le Foufou intercepta l'attaque.

En observant le vivant, j'avais déjà mesuré combien la petitesse, l'imprévisibilité, le mimétisme, la danse ou la rapidité pouvaient être redoutables. Leur association les transformait en une arme absolue. La manman-aiglon se vit attaquée non par un minuscule colibri qui serait très habile, mais par une nuée d'oiseaux-plongeurs, de merles fous, de crabiers invisibles, moustiques, sauterelles, guêpes et vonvons… L'assaillant équivalait à une sarabande de manières de voler, de techniques d'approche, de cris, de chants, de frappes et virevoltes qui appartenaient à des espèces diverses. Le Foufou mettait en œuvre cette science à une vitesse ahurissante. Et à la perfection. Le temps qu'il la titille à

gauche, et il se retrouvait au-dessus en train de l'agacer. Quand la manman-rapace, affaiblie et souffrante, tentait de se retourner, il lui ébouriffait déjà le ventre de son bec insolent… Dans un contexte si dramatique, cette farandole me parut assez vite un peu vaine. Il me fallut être attentif pour alors découvrir l'impensable :
Le Foufou veillait à ne lui faire aucun mal.
Il lui heurtait les points sensibles avec juste ce qu'il fallait d'intensité pour lui permettre d'imaginer le pire, et puis il décrochait. Le Féroce découvrait la scène avec un ahurissement équivalent au mien. Je connaissais déjà l'imprédictible de mon maître, mais ma sidération était neuve et totale. En me remettant les choses à l'esprit, je réalisais qu'il avait agi de manière identique dans son affrontement au Féroce. Ses frappes n'avaient pas été tenues en échec : *mon maître n'avait voulu en fait qu'effleurer le barbare!* Il l'avait touché en des points essentiels, sur des organes vitaux, avec une telle rapidité que cette brute sous ivresse meurtrière n'en fut jamais consciente — tout comme les autres et moi qui observions de loin. Tout compte fait, le Féroce aurait pu se voir estropié trente-douze fois, et mon maître (préférant changer de méthode pour ramener le fauve à la raison) ne s'était pas enfui.

En face d'un adversaire aussi protéiforme, la manman-aiglon se retrouva en grande difficulté. Ses cris de rage dégénérèrent en des trilles de sanglot, ce qui sonna l'hallali dans Rabuchon.

Des et-caetera de colibris, de merles, de tourterelles, pigeons, sucriers, cayalis et ramiers, et même des grappes d'insectes à dard se jetèrent sur l'intruse. Le Foufou s'était très vite sorti de la curée. Il volait maintenant au-dessus de la mêlée et semblait s'inquiéter du sort de sa victime. Il parut soulagé quand la manman-aiglon parvint à disparaître dans la brume des Pitons, portée par des ailées boiteuses et l'envie de laisser cet endroit aux oubliettes du diable.

Le départ du Féroce – Durant ces événements, le Féroce et moi demeurions échoués à quelques mètres au sol. Il fallait laisser mon aile se reprendre, et cela sans bouger. J'attendais que mes forces reviennent en observant la nuée qui traquait la manman-aiglon. Je gardais aussi un œil sur les herbes alentour : les rats et les mangoustes deviennent hardis quand ils vous sentent blessés. La présence du Féroce (qui n'en finissait pas d'éructer de colère) créait bienheureusement un vide autour de nous. Et même un grand silence. Je comprenais son tourment. Il n'entendait rien à ce qui lui arrivait. Lui qui vivait d'un absolu de sang et de violence était désemparé devant son propre sang et dessous cette violence qui l'avait outragé.

Bientôt, il fut incapable de bouger. Il se retrouva immobilisé dans son corps souffreteux : corset de haine furieuse qui le clouait au sol. Parfois, ses yeux hagards se heurtaient aux miens, mais ils n'étaient plus capables de me voir. Ni de voir quoi que ce soit qui ne soit pas lui-même. Il ne disposait d'aucune alternative. Ne pouvait rien imaginer d'autre et gigotait à vide dans la geôle de sa force. Il était en enfer.

Je le voyais lever la tête vers le Foufou, qui tournoyait maintenant au-dessus de moi et ses yeux se révulsaient de consternation. Il avait été vaincu par cette chose négligeable. Elle s'était faite plus habile, plus rusée, et donc bien plus puissante que lui. Il ne voyait que cela. Et cela achevait de le désenchanter. Conscient d'avoir vécu une expérience inouïe, il ne parvenait pourtant pas à l'inclure dans son pauvre univers. Et de temps en temps, les sifflements qu'il expirait atteignaient le sanglot.

Nous retrouvâmes presque en même temps la force d'un envol. Je m'éjectai très vite pour joindre les vents du haut, mais lui partit de biais, sur les vents bas de la ravine. Son envol inattendu jeta l'émoi dans Rabuchon. Volatiles et colibris prirent-courir se serrer sous les mahoganys. Le Foufou se dressa devant lui en vrombissant une mise en garde. Le Féroce vit rouge. Il opéra une courbe boiteuse pour lancer une attaque. Mais, derrière le petit vrombissement de mon maître, il découvrit l'amplitude de mes ailes et l'infini de mon regard. Il rompit l'engagement et, de ses ailes sanglantes, il gagna les Pitons, leur remonta les flancs et parvint à capter les soufflées ascendantes qui l'emportèrent vers je ne sais quelle juste damnation.

On ne le revit jamais à Rabuchon. Des oiseaux migrateurs le rencontrèrent parfois. Ils nous rapportèrent qu'il avait du mal à siffler (son poitrail s'étant vu abîmé) et que l'une de ses ailes l'obligeait à se poser souvent. Il vivait désormais sur la petite cime d'une petite île du sud, dans une petite manière, sans forfanterie ni pièce démonstration. Ils nous dirent qu'il usait ses journées à contempler les colibris du coin, à qui il rabâchait la fable d'un colibri-dragon. Ils nous dirent aussi que devant le moindre vrombissement d'un quelconque colibri il tombait en tremblade…

MA PART – Une fois encore, le Foufou connut l'ovation des peuples de Rabuchon. Même son Nocif, attentif à l'affaire depuis son potager, lui chanta quelque chose en se tapant les mains. Indifférent aux louanges, le Foufou reprit ses rondes entre les fleurs. Il fourrageait les plantes selon des alternances étranges. Parfois, il s'élevait au-dessus de Rabuchon avec des ailes étincelantes qui dispersaient des étoiles dans les vents, et il restait à regarder cette lactescence retomber en semailles, se laisser aspirer par des coulées montantes, dépasser les Pitons… Maintenant, il ne visitait pas la même espèce de fleurs, mais s'égarait de corolle en corolle, mélangeant les poussières comme s'il avait voulu que ces vies immobiles relayent leurs dissemblances. Bientôt, il n'y eut pas une fleur, pas un bourgeon, pas une fleurette, qui n'eût l'heur d'une visite, et qui, à travers lui, n'eût pas à fréquenter le cœur intime d'une autre. Il n'en exista plus une qui ne vît sa poussière offerte aux vents venants, aux vents allants, aux vents restants, aux vents errants des horizons… Pourtant, le maître n'en finissait pas de s'ébrouer dans ces bains de poussières, de monter aux alizés pour s'ébrouer encore… Ce à quoi il œuvrait semblait à son exacte mesure — infime, imperceptible —, mais il l'exécutait avec autant de conviction que s'il avait eu la certitude de soulever une montagne. Il ne demandait rien. Ne démontrait rien. N'incitait quiconque à quoi que ce soit. Ne semblait s'inquiéter d'aucun gain personnel… Une telle implication exprimait quelque chose que j'essayai de lire. Il me fallut un peu de temps pour formuler ceci : quelque chose d'encore imperceptible nous menaçait tous, ensemble et un à un, et c'était à tous, chacun à sa manière, chacun dans son possible, qu'il revenait de l'affronter. Le Foufou agissait seul dans une nécessité majeure qui était celle de tous, tout autant que strictement la sienne…

Je m'étais porté à sa hauteur pour le remercier de l'aile. Comme d'habitude, il feignit de ne pas me voir. Je le saluai d'une spirale, et m'apprêtais à regagner mon aire quand une idée emporta mon esprit. Je décidai de l'aider. Ou mieux : de prendre ma part à ce qui devait être fait.

Je l'avais suffisamment observé pour savoir ce qu'il faisait et comme il le faisait. Seulement, il m'était impossible de fourrager de la tête dans les pétales des fleurs. Mes plumes ne retenaient rien de cette curieuse poussière. Aucune fleur n'avait prévu ma masse, mon bec d'estoc, mes ailes de force… Cherchant comment agir, je me souvins qu'il emportait parfois des graines noirâtres ou des granules qui subsistaient entre des pétales flétris ou dans le ventre ouvert de vieux fruits desséchés. Je commençai par ramasser ou arracher du bec tout ce qui portait des spores, des surfaces granuleuses, des cœurs grenés et, à sa suite, j'allai les disperser dans l'air humide de Rabuchon. J'en éclaboussai les ravines, les pentes, les feuillages, les routes qui encerclaient les tanières de Nocifs. Les fleurs à maturité perdaient de leur éclat, alors je les tranchai du bec, les emportai bien haut, les explosai d'un coup pour libérer un restant de poussière et d'insectes squatteurs. J'arrachai des plantes désespérées pour les laisser tomber dans des crevasses humides, ou dans des raziés à feuillages sans bourgeons. Je fis au petit bonheur la chance tout ce qui me vint à l'esprit en matière de transbords, transplantations et dispersions sauvages… Je me surpris même à trouver du plaisir dans ces initiatives menées à l'aveuglette…

IMITATIONS – J'avais coordonné mes allées et venues avec celles du Foufou. Qui fait que nous volions ensemble. Drôle de spectacle sans doute, que celui de ma majesté et de la fulgurance minuscule de mon maître, œuvrant ensemble à quelque chose de mystérieux. Cette alliance spectaculaire dut frapper les imaginations. Deux ou trois colibris juvéniles nous imitèrent. Puis quelques vénérables qui crurent y reconnaître un possible prodige… Le Foufou ne les y encouragea pas, ne les en dissuada pas non plus. Depuis la disparition de Colibri, les membres de cette engeance voletaient sans système, dans une poésie de labyrinthe, taraudés sans doute par le besoin d'un guide et l'envie d'une voie. Leur attention s'était sédimentée sur le Foufou, comme sur une comète dans un champ d'étoiles mortes. À ma suite, l'un après l'autre, ils entreprirent de l'imiter. Bientôt, par contamination, des dizaines de colibris se mirent à fourrager d'une sorte systématique dans chacune des fleurs, à se chercher toutes espèces de poussières, à glaner toutes qualités de graines, à les épandre dans Rabuchon, au gré de tous les souffles. Les merles et les ramiers s'y mirent. Les sucriers et cayalis aussi… et plein d'autres volatiles et tout autant de bestioles. Le Foufou ignora cette fièvre mimétique, comme s'il laissait chacun libre de faire ce qu'il voulait ou qu'il avait à faire. La plupart entraient dans cette ronde sans vraiment y penser, comme on tombe dans une mode ; certains s'en amusaient ; d'autres se contentaient de singer le manège de leur guide naturel, ou de remplir un vide… L'espace de Rabuchon devint un grouillement de trajectoires volantes, allant, venant, transportant et semant, s'entrecroisant dans une démesure qu'aucune nécessité ne pouvait expliquer… De mon côté, et sans rien y comprendre, je m'évertuais à rester attentif à ce que je faisais, à le faire du mieux possible en lorgnant les manœuvres de mon maître. Il paraissait ne pas me voir et ne m'adressait jamais le moindre signe. Quelquefois pourtant, alors que je transportais une quelconque plante à fleurs aux racines impatientes, j'avais l'impression qu'il me désignait d'un hochement de la huppe, un trou, une crevasse, une faille propice où la laisser tomber... C'était peut-être une illusion, le désir inavoué d'un semblant d'intérêt, mais je m'en contentais et m'en exécutais avec belle promptitude.

RELATIONS – Tous les regards, et même ceux du Nocif du Foufou, n'arrêtaient pas de nous suivre. Il faut dire que pour le moins la scène était étrange : mes ailes démesurées, ma grande ombre découpée sur le ciel et, à moitié invisible, le point vibrionnant de mon maître qui volaient de concert selon des ordonnances semblables. Autour, comme un nuage de satellites, plusieurs catégories de volatiles faisaient comme nous, et se reliaient dans cette ouvrage commune. Il n'y avait pas d'utilité apparente à ce qui était fait. Aucune urgence sensible n'en donnait la mesure. Et nul ne savait s'il existait pour ce mouvement un commencement, un milieu et une fin. Au fil du temps, ce qui n'était qu'un vrac d'imitations particulières devint une structure collective, chaotique toujours, indéfinissable et incertaine, mais intense et réelle. Je crus même voir des rats, des fourmis, des crabes ou des mangoustes, charroyer des graines et des germes de toutes sortes, même ceux dont d'habitude ils n'avaient pièce souci. L'existence de l'un côtoyait celle de l'autre, l'application de l'un renforçait celle de l'autre, l'énergie de tous soutenait celle de chacun… Ils ne me craignaient plus, et je les escortais comme ils m'escortaient… Et, vu du sol, cela devait être quasiment féerique que ces vols réguliers de volatiles divers qui s'empoussiéraient ensemble, semaient ensemble, s'attelaient ensemble à une conjuration que nul ne pouvait comprendre et contre un phénomène dont nul ne savait rien. Rabuchon n'était plus un territoire, ni même un embrouillement de territoires, c'était une *intention*…

Les Nocifs furent les premiers à découvrir le phénomène. Ils venaient par dizaines, puis par centaines, s'asseoir sur les pentes et tenter de comprendre ce que ces volatiles accomplissaient ensemble — chacun à sa manière, comme il le sentait et comme il le pouvait, mais ensemble. Le Nocif du Foufou se mit lui aussi à planter des arbustes, à libérer les arbres de la vermicelle-diable, à offrir aux fleurs de Rabuchon des possibilités de vie… Il repérait les plantes que je lâchais avec mes serres en direction des failles humides, et se précipitait pour leur porter du fumier chaud, de la terre noire… En sorte qu'il fit ce que nous faisions, à sa manière, avec sa petite chanteuse de ritournelle, et bien d'autres Nocifs qui trouvèrent je ne sais quel plaisir à prolonger ce que faisaient des volatiles… J'avais l'impression qu'une force s'était mise en mouvement et que ses ondes se répandaient doucement dans la matière du monde…

La plupart de ceux qui aidaient aux semailles percevaient le vivant comme une mamelle inépuisable soumise à leurs voracités. Mais quelques-uns (oiseaux bizarres, esprits biscornus, insectes marginaux) adoptèrent la manière très frugale de se nourrir du maître. Ils allaient-viraient à de nombreuses reprises avant de s'accorder une frugale pitance. Et ceux-là donnaient dix fois avant de prélever ou de prendre quoi que ce soit… Ce principe pouvait apparaître dérisoire, mais, après examen, je compris que de donner ainsi diminuait leurs besoins, leur assurait du coup le peu indispensable et, pour finir, que de s'en occuper plus que de l'exploiter, amplifiait la vision qu'ils possédaient du monde…

Gaieté – Parfois, de vieux faucons pèlerins, visitant les Pitons, s'étonnaient de découvrir ma majesté — tant de vigueur du bec, tant de puissance des serres — affairée à une tâche d'apparence dérisoire. Ils n'en croyaient pas leurs yeux, et tournoyaient leur désapprobation avant de s'en aller d'un jeu d'ailes dégoûtées. Je n'en avais que faire. Je m'exécutais de ma petite charge avec une application méthodique, mécanique et austère qui n'avait rien à voir avec celle du Foufou. Lui, modifiait ses circuits, réinventait ses gestes, variait à tout instant ses intentions secrètes, ce qui me forçait à m'adapter sans cesse. Il était capable de renverser une trajec-

toire sans aucun préalable, au gré d'une vision mouvante qui, malgré mes efforts, me restait hors d'atteinte.
De plus, quelque chose me troublait.
Je l'observai longtemps avant de savoir quoi.
Il était d'un naturel gai.
J'avais déjà noté ce trait de son caractère. Auréolé du respect de chacun, il se comportait pourtant avec l'innocence effarante d'un enfant. Avec surtout cette gaieté simple qui s'en venait avec. Dans les pires instants des tragédies de Rabuchon, il ne s'était jamais vraiment défait de cette gaieté. Au-devant du Féroce, il n'avait rien abandonné de la clarté espiègle qui faisait son regard. Moi, j'étais un bloc sombre, hiératique et amer. Mes yeux étaient souvent des braises et mon regard se souvenait d'avoir été une arme. Malgré tout, les existences de Rabuchon avaient deviné en moi un important changement. Tous me traitaient sans crainte, avec beaucoup de respect. Mais le Foufou, qui leur inspirait une vénération, était d'un même tempo leur père, leur ami et leur frère... Entre deux rondes, mon maître trouvait le temps de papillonner avec plein d'oisillons ou de bébés-bestioles. Il leur accordait une attention joviale, fêtait les premiers vols, les escortait d'un chant à la moindre occasion. Lui qui était capable d'une inflexible concentration, pouvait à tout moment se dérouter d'une tâche pour lutiner une insouciance avec un insouciant. Ainsi, les plus raisonnables se voyaient autorisés à une impesanteur : l'idée qu'à tout moment de l'existence, il fallait jouer,

inventer, trouver, s'amuser et chanter… aller la ritournelle.

Même affairé à notre ouvrage commun, mon maître se distrayait en modulant des sons burlesques. Cela me gênait. Être gai. Ce n'était pas l'idée que je me faisais de la sagesse ou de la grandeur. Ni même de la décence ou de la dignité. La riposte que nous mettions en œuvre relevait pour moi d'une gravité claustrale, or là, chez mon maître, je ne voyais que les médiocrités de la joie enfantine et du jeu plaisantin. C'était un immense sage, cependant s'il ne s'éloignait jamais des ardeurs du travail, il y restait candide, innocent et badin. Rien en lui n'allait à la frivolité, rien n'était accordé à la moindre insouciance, pourtant il trouvait le moyen de rester ingénu, jovial, et… bienheureux.
Je me mis à envier cette curieuse légèreté.
J'aurais aimé lâcher de cette raideur hautaine qui autrefois constituait ma fierté. Je n'étais pas fait pour être gentil ni pour paraître content. Mes yeux étaient sévères. Mon bec, mes serres étaient des engins de mort. Rien en moi ne laissait évoquer une bienveillance quelconque. Les oiseaux de maraude me découvraient dans un frisson craintif, voire un peu de cette terreur dont j'avais fait délices. Je ne poussais qu'un grincement aigre à la tentative d'émettre une joyeuseté, et l'expression d'un contentement se résumait chez moi à un hoquet sinistre… À lui, rien n'était imposé. Son bec ne tirait pas sa forme d'une ténébreuse utilité, ses yeux n'étaient

les crocs d'aucune inquisition... L'unique soulagement était de me persuader d'avoir plus de mérite que lui : la mieux infime de mes évolutions équivalait au déplacement d'une montagne.

PRODIGE — Le Foufou poursuivait ses semailles même quand la nuit couvrait la terre, et que nous étions tous prisonniers des fatigues. Ses plumes ne décomposaient alors qu'un restant de lumière, et il devenait très souvent invisible. Je le suivais des yeux du haut de ma plate-forme, sinon depuis une branche basse où je supportais tant bien que mal le poids de mes paupières. Et, à tous moments, comme sous l'œuvre d'une hypnose, je distinguais en lui, merveille, beauté, puissance et grâce...
L'événement d'une perfection qui n'en finissait pas de se produire.
Je ne m'en lassais pas.
Les Nocifs, et le sien plus encore, l'observaient tout autant. Il était d'une résistance pas ordinaire. Son énergie était ciselée de douceur. Sa robustesse relevait d'une densité subtile. Sa constance s'ouvrait sensible et généreuse, loin de tout entêtement. Ce que je croyais être la force, n'avait été chez moi qu'une brutalité niaise. La véritable force, l'énergie authentique ne pouvaient se situer en dehors de la grâce. Le Foufou en avait deviné l'alchimie et récoltait ses traces; et moi, en solitude, en amertume, je l'ignorais encore et fixais un brouillard. C'est alors que je découvris l'incroyable.

Le Foufou ne vieillissait plus.
Ce n'était plus le fringant oisillon du début. Il avait changé — je ne sais trop en quoi ni comment — mais surtout, il ne se transformait plus. Son Nocif serrait sous son chapeau un coton grisonnant. Sa fillette était devenue plus longue, moins innocente, ne chantait plus de ritournelle. Mes plumes commençaient à ternir, mon bec avait bruni. Mes serres s'en allaient au jaune fade des vieilles cornes de zébus. Je n'en finissais pas de compter dans mon corps des troupeaux de fatigues et d'algies qu'aucun sommeil n'éliminait. Lui, d'après ce que je croyais en voir, ne ressentait rien de tout cela. Il restait tout éclat.
Vivant! Vivant...
Était-ce l'effet de la gaieté?
Était-ce sa masse infime qui cachait mieux l'usure?...
L'engeance des colibris ne pouvait vivre qu'un nombre limité de saisons. Je n'en tenais pas le compte, mais depuis mon arrivée, ils étaient nombreux à avoir disparu, et tout autant à être apparus. Je sentais bien l'impermanence de cette espèce qu'une intensité des pertes et des renouvellements dissimulait aux évidences. Et je sentais aussi que s'il avait fallu tenir le compte des morts et des disparitions qui balisaient son existence, la mettaient en exergue, le Foufou s'était maintenu sur presque trois générations. Je retrouvais un peu de cette longévité que mes grands aigles avaient atteinte selon diverses modalités. Ni immortels ni éternels, mais arpen-

teurs d'un autre temps, d'une autre distance. Installés dans un paysage que leur expérience seule avait pu dévoiler, et qui restait impartageable...

L'INCOMPRÉHENSIBLE – Les saisons avaient passé. Et le coin du Foufou ne se distinguait plus du reste de Rabuchon. La luxuriance était partout. Des oiseaux migrateurs avaient ramené des graines étranges. Plantes inconnues et arbres bizarres allongeaient leurs branchages. Des bourgeons ruminaient. Des fleurs et fruits nouveaux drainaient des myriades de bestioles dans des parfums, des couleurs, des rythmes inhabituels. Ce que j'avais toujours trouvé d'enfantin chez le Foufou se retrouvait secrètement en moi. Mon regard de braise et mon bec destructeur dissimulaient un appétit du monde émerveillé, sensible. Je n'en finissais pas de contempler l'entour et, dans cette base frissonnante, de contempler la vie. Je compris pourquoi le Foufou continuait malgré tout à transporter les poussières et les graines. Et que je fus un des rares à poursuivre auprès de lui les transports incessants. La mort lente n'avait en rien été vaincue, porteuse du cri du monde elle était là, insidieuse, souterraine, invisible, circulant dans les sèves, les feuillages, les broussailles, se lovant dans la terre, courant le fil des sources et des rivières. Impossible de comprendre ce que ce bouleversement à venir pouvait être. Je percevais juste l'influx de sa présence, juste le tremblement de l'ensemble du vivant lentement porté à une variable instable. Toute la base du vivant, ici et au-delà d'ici, se trouvait ébranlée par je ne savais quoi, et se préparait à je ne savais quel bond, ou quel effondrement, quelle mutation ou quel rejaillissement d'une jeunesse sans pitié.

Ceux qui le sentaient n'en finissaient pas de zieuter le Foufou. Il était devenu aussi central que je l'avais été au temps de ma barbarie. Seulement, il n'expliquait rien à personne, fuyait les honneurs, n'en tirait nul profit, ne se considérait point comme guide providentiel. Il ne prenait plus le temps d'aller fouiner dans la main de son Nocif qui le suivait des yeux, jour après jour, et qui semblait souffrir de se voir délaissé. Il était tout entier à ce qu'il faisait. On le voyait toujours chargé de la poussière des fleurs, et nul ne comprenait contre quoi il luttait ni pourquoi continuer dans une telle luxuriance. Le mouvement collectif s'était défait en agrégats occasionnels. Quelques-uns y reprenaient les semailles comme on se rend à une liturgie ou qu'on préserve une tradition. Puis chacun s'en allait à ses petites misères, laissant autour de mon maître quelques irréductibles agissant sans besoin de comprendre pourquoi. Celui-ci ne semblait pas remarquer leur présence à ses côtés, ni apprécier leur reste de fidélité. Sa concentration était impressionnante. Je sentais bien qu'il dévalait le cours même de sa vie, et qu'il la transformait en une expérience que je n'étais pas capable d'envisager. *Il allait vers l'incompréhensible.* Il s'installait dans un irréversible. *Il allait au vivant!* Malgré cette tension permanente qui me projetait vers sa présence, une distance s'était installée entre lui et moi, entre lui et son engeance, entre lui et toutes les existences. Et je la sentais croître de saison en saison...

L'AMALA – J'avais le sentiment de rester immobile au milieu du chemin. Et de ne plus pouvoir imaginer un pas. Lui, distinguait une voie dans l'invisible, et l'empruntait sans fin. Je continuais à transporter des plantes, des graines, des racines, à ensemencer les alentours, à en charger les vents. Le Nocif qui complétait mes vols ne cessait pas non plus, mais nous n'avions ni la constance ni l'énergie du maître. Il ne s'arrêtait jamais. Nos rondes reproduisaient les siennes, or nous gardions la sensation qu'il faisait autre chose, qu'il évoluait ailleurs, et qu'il entrevoyait bien d'autres horizons. Certains jours, je le voyais tellement minuscule que l'on pouvait croire sa masse en train de s'effriter dans les vents doux de Rabuchon. Je tendais vers lui l'ensemble de mon être. M'en rapprocher n'était plus une affaire de mouvement. C'était désormais un vœu de perceptions : j'y allais de mon esprit, de mes ailes allongées, de ma langue élargie, de mes serres ouvertes à l'infini... Je ne disposais malgré tout d'aucune accroche pour ralentir son éloignement. C'était comme embrasser le fil d'un alizé de mer, retenir un nuage, agripper une pluie... Il continuait de s'éloigner et à cette sensation mon cœur cahotait d'affolement...

De jour en jour, à force de vouloir me fondre en lui, ma perception devenait étrange. Je percevais une rumeur totale — des couleurs, des sensations, des goûts, des sons disharmoniques, des visions chaotiques... une exacerbation vibrante de mes fibres nerveuses. Comme si, à travers ce que je percevais du Foufou, je me rapprochais d'un vertige. Qu'était cet impalpable mystère ? De quoi battait cet infini ? Était-ce une fièvre mentale ou une impraticable extension de mon être ?... Mon maître semblait maintenant se constituer dans cela et cheminer vers cela. Il en avait trouvé la voie, rien qu'à travers les fleurs et cette simple poussière qu'il n'en finissait pas d'éparpiller. Cette ronde perpétuelle, infime et dérisoire, continuait de transformer quelque chose dans la matière du monde. Mais je ne savais plus quoi, et ne voulais plus le savoir. Parfois, sur sa route, surgissaient des trouées de pénombres, des frétillements très vifs, des éclatements fugaces que je ne pouvais identifier. Et que je ne cherchais plus à identifier...

Cependant, ses rondes se succédaient dans une intensité insoutenable. Bien qu'irrégulières, elles finirent par révéler dans mon esprit une unité secrète. Une cohérence profonde réitérée sans fin. Comme s'il voulait que sa formulation, que son exécution, atteigne à l'impeccable vibration d'un mantra. Et c'était sans doute là que se situait l'ouvrage. Sans doute par là que chaque ronde, chaque tressaillement auréolé de poussières, s'ouvrait à son ampleur magique, atteignait ce vertige… Au point qu'une fois je vis, ou crus voir surgir un oiseau de lumière. Un goéland, peut-être. Il paraissait constitué de pluie, de vif-argent et de nuage. Il semblait se faire et se maintenir dans le souffle même du vent. Il disparut d'un éclair en traversant le Foufou. Ce dernier poursuivit sa route en accusant une légère secousse. Je crus avoir halluciné. Mais, au bout de la septième ventée, mon maître vira de bord, opéra une spirale bizarre, sans doute un long et lent salut, et suivit le chemin invisible de l'oiseau désormais invisible. Je crus voir sa silhouette atteindre un noir intense qui s'étendit en flash sur Rabuchon, qui envahit mon propre esprit, et poursuivit son extension je ne sais où. Ce flux de pénombre naturelle reflua en une contraction obscure, lumineuse, jusqu'à ne rien constituer qui me fût concevable ; puis elle se dilata d'un coup, dans la violence d'une explosion, le silence d'un abîme. Un océan de lumière ! Mon Alaya tressaillit du fond de son exil. Un vocable envahit mon esprit, mi-cri, mi-soupir, mi-musique, mi-sensation, mi-inconscience… Dès lors, je me le répétais sans jamais le comprendre : *Amala ! Amala ! Amala…*

C'est depuis ce jour-là que je ne revis plus jamais le Foufou.

4. *Récitation sur le vivant*

CROYANCES – Le Nocif fut le seul, après moi, à s'inquiéter de cette disparition. Comme moi, il ne voulut pas y croire. Tandis que nous poursuivions l'incompréhensible tâche, il le cherchait des yeux, surveillait l'horizon, espérait du vent qu'il nous le restitue en don miraculeux. Les peuples de Rabuchon découvrirent son absence dans une lente surprise, surgie d'abord dans des esprits alertes et atteignant de proche en proche le reste des existences. Je sentis la détresse collective, puis le suspense de l'attente. Cette brusque absence conféra un relief salvateur à ce que nous faisions ensemble — nous, rescapés du mouvement initial, derniers et rares irréductibles. Il fallait plus que jamais poursuivre, maintenir cette intention qui relevait de tous et qui se nourrissait de chacun d'entre nous. Jamais, je ne m'étais senti autant lié à un Nocif, ni à des colibris, ou à des merles idiots, ou à de pauvres fleurs, à des insectes, des rats, des crabes, à la vie de Rabuchon et d'au-delà… Tous me regardaient comme le nouveau Guide. Cette charge m'incommodait.

Je la fuyais en me plongeant dans l'œuvre solitaire et commune, en y puisant de la distance, d'irréversibles silences, et une constance qui n'avait pas besoin d'encouragement.

La disparition du maître avait relancé la ferveur collective. Disperser la poussière des fleurs redevint l'affaire de tous. Les existences de Rabuchon en firent, à des degrés divers, une part consciente du quotidien. Ces rondes autour des graines et des poussières s'inscrivirent dans nos réflexes et sans doute dans quelques Alaya. Je me sentais mieux en vie, et en sécurité, parmi ces essaims d'existences avec lesquelles j'œuvrais. Je finis par croire que plus elles seraient nombreuses mieux je me sentirais. Mieux je me porterais. Je récitais pour qu'elles soient des millions dans le moindre millimètre, partout, d'une sorte horizontale sans nulle prééminence, et qu'aucune d'entre elles n'élise d'égoïste solitude. Parfois, élevant mon vol à hauteur des Pitons, j'englobais Rabuchon du regard. Jardin magique. Ce n'était qu'un rien dans cette île qui elle-même n'était rien sur l'étendue des eaux. Autour, le monde était ouvert, et l'espace infini, mais ce qui se passait là constituait notre part. Notre tâche, notre ciel, notre sens. Nous le faisions comme nous le pouvions, sans mesurer d'échec ou de victoire, avec juste le souci d'œuvrer, dans le partage le plus ouvert, à ce que nous croyions juste. S'il avait fallu interroger chacun sur le bien-fondé de ce que nous faisions — du ver à l'insecte, des colibris aux tourterelles —, mille explications différentes se seraient emmêlées. Et sans doute contredites. Mille-douze possibles et impossibles dérouteraient l'entendement... Mais cela importait peu. Que vivent les croyances ! Que fleurissent les histoires ! Que reviennent les légendes ! Qu'elles aillent au gré de leur propre légèreté et nous laissent la beauté. Pour moi, nous étions de toute manière dans ce mouvement, au cœur de cet indébrouillable de la vie qui lui donnait son énergie. Notre part — riposte ou résistance, imitation, partage — était sans doute la plus insignifiante, mais, par là même, la plus précieuse, la plus immense et tout autant la plus puissante.

Je percevais le frémissement des vies qui montait de partout. Comme dans les remous d'un embranchement originel. Souvent, je croyais voir ce que le Foufou avait vu ; et même, ce que mes grands aigles solitaires avaient dû quelquefois entrevoir dans leur sidération : *l'événement continuel, infini, impensable, du vivant.* J'avais conservé ce vocable — *Amala !* — et, quand la vision survenait, je le prononçais comme un mantra. Il s'élargissait tel un grand arbre dans Rabuchon, et poursuivait sa route dans l'inextricable de la vie dont je possédais une confuse perception. Les différences entre moi, les insectes, les rats, et les Nocifs, n'installaient plus de distances mais d'amples proximités. Plus de ruptures mais des courants d'intensités qui constituaient des rondes. Ce que je pouvais chanter de moi allait au chant des autres dans une ronde incessante. Toute singularité m'était inestimable. Toute fragilité d'une part du vivant l'instituait en trésor. Cette œuvre commune — qui accusait nos différences, ralliait nos ressemblances — propageait des frottements pour différences nouvelles, pour étrangetés fécondes, qui demandaient alors de lancer d'autres rondes. J'étais une conscience enfantine dans l'allant de ces rondes, je les relayais par cette innocence même, les relatais comme cela. Par elles, je savais sans savoir, audelà des connaissances, comme dans l'émerveillement d'une vision primale. Mon humble clairvoyance naissait de ce rien, n'allait que vers ce rien, m'habitait juste d'une appétence joyeuse tout autant que d'une cendre souffrante. Et tout le reste m'était donné avec. Je me battais ainsi.

AMPLITUDES – J'avais traversé des instants de sagesse, mais je n'avais atteint aucune béatitude. Juste une lucidité solaire, solitaire, solidaire. Et amère. J'étais en désir, tel un innocent dans les ruines d'une coquille. En face des créatures de Rabuchon, je n'éprouvais qu'une immense mansuétude. Elle ne s'arrêtait qu'à l'amorce de ce que j'appliquais à ma propre existence. J'habitais une blessure taraudante — un vif d'impératifs, d'exigences et de questions. En moi, nul gisement de sagesse, de bonheur ou de sérénité, seulement le souci impatient d'un plus d'implication, seulement le joug d'une charge qui m'enlevait à toute satisfaction…

Quelque chose avait changé en moi, seulement cette transformation me restait hors d'atteinte. Je n'en avais témoignage qu'en constatant les réactions de ces rapaces aux ailes seigneuriales qui parfois entraient en conquérants dans Rabuchon et qui soudain rebroussaient chemin après m'avoir juste contemplé un instant. Je ne leur avais pourtant montré aucune hostilité. Je ne me battais plus avec quiconque, je n'avais plus à le faire. Rien à défendre, aucune richesse à patronner, aucune vérité à infliger. Rabuchon était ouvert à tous autant que pouvait l'être le ciel, ou le luxuriant domaine du Foufou. Je rayonnais d'une amplitude hors d'atteinte des violences ordinaires mais qui ne me conférait aucune paix intérieure. *J'étais vivant et tout était vivant.* Avec la sensation d'avoir cheminé, longtemps, et que le chemin n'en finissait pas de m'ouvrir à l'orientation sans consigne des chemins. Je n'avais plus le sentiment d'avoir réussi quoi que ce soit, d'être arrivé en quelque part, ni tiré profit de l'exemple de mon maître, même si dans l'opinion de quelques clairvoyants, ou de cette masse d'agités encore soumise aux esprits animaux, j'étais devenu ou bien un sage considérable ou une puissance inattaquable.

Durant bien des saisons, à l'instar du Foufou, je ne participai à aucune frénésie des amours. Je n'en avais ni l'envie ni le besoin. Je ne me mis jamais en couple ni ne m'occupai d'une quelconque descendance. Cette solitude ne provenait plus de l'ordinaire d'une vanité. Je n'en étais plus là. Même si je goûtais à la contemplation de ces petits rituels dont se tissait la vie — et qu'il m'était agréable de sentir leur frémissement clopiner dans mes chairs comme au fond d'un exil —, je n'effectuais pas le moindre mouvement vers eux, pas la moindre pensée. Je craignais à travers eux de revenir à ce que j'avais été. Je n'avais pas atteint le bonheur, mais, en guise de fausse consolation, je savourais et regrettais tout à la fois, dans des chimies indébrouillables, l'inconfortable condition de ne plus être un prédateur.

Dès cet instant, je me suis mis à chanter le vivant. En de petites *récitations* qui m'égayaient l'esprit et que je pus articuler de mieux en mieux grâce aux exercices avec lesquels j'avais si longtemps travaillé mon gosier pour imiter le Foufou. Je me les répétais dans une légèreté de comptines, une vibration de sutras, les augmentais à mesure que je prenais mesure de ce que je percevais…

ENDURER – Le Maître m'avait laissé en face de moi-même. Avec moi-même comme seule limite et comme seul horizon, comme seule imperfection et comme seule perfection, comme seule frontière et comme seul infini. Je n'étais que ce que j'avais la force de supporter. Je ne méritais que ce que j'avais l'audace d'endurer. J'avais l'ampleur de ce que j'étais capable d'imaginer, de ne pas seulement penser mais de projeter par le moindre de mes actes dans la matière du monde. Il ne m'avait laissé aucune pratique, aucun rite, aucun enseignement, juste l'aptitude à contempler une fleur et le transport de graines et de poussières. Il reviendra sans doute, ou ne reviendra pas, et cela n'avait pas d'importance en face du tant de vie qu'il y avait à vivre. Le désastre à venir ne menaçait pas la vie, il en faisait partie, mais il nous menaçait nous, dans nos limites, dans nos aveuglements, dans nos insuffisances. *Il nous fallait trouver en nous et hors de nous comment vivre au vivant.*

Depuis sa disparition dans le ban de lumière, je n'ai jamais cessé de réfléchir à ce que j'avais vécu durant toutes ces saisons. À qui, à quoi avais-je eu affaire ? Était-ce un colibri ou avais-je confronté une émergence inconnue du vivant ? Si la ténébreuse évolution exige des cheminements tortueux, des morts et destructions, elle avait sans doute aussi besoin de surgissements miraculeux. De ces créatures qui bouleversent à jamais. Qui ouvrent de nouveaux horizons sans pour autant les désigner. En était-ce ?...

Je survolais chaque jour Rabuchon. Son foisonnement en plantes, en feuilles, en fleurs, en oiseaux et insectes, était un hosanna qui s'élançait déjà à l'assaut des Pitons. J'épelais ma récitation — ce chant qui me restait du sortilège de cette rencontre — et elle se répercutait dans l'écho des ravines. Je le faisais pour moi-même, mais il m'arrivait d'en surprendre des rappels dans les cris et les chants de bien des existences. Je crus même que le Nocif l'entendit lui aussi. Il semblait tout comprendre de moi, même cette discrète récitation. Comme il l'avait fait bien avant pour le Foufou, il notait, transcrivait, dessinait, gribouillait, tandis qu'il m'observait, et ne sursautait plus quand je tombais vers lui pour effleurer son crâne… Parfois, après m'être moqué de lui je riais de moi-même. Grincement aigre… *Hinnk!* Comment dire ce regret? Comment révéler cette faiblesse? *Hinnk!* Frère vivant, écoute, écoute : le grand infini m'avait touché d'une mauvaise main. Tant d'efforts, et n'avoir pas été l'élu! N'être demeuré qu'un second, un porteur d'expérience dans une vaste expérience, un pauvre Malfini qui assuma jusqu'aux extrêmes la prophétie de son nom et sa fatalité…

Mais, au creux de ce destin mineur, j'avais connu la fièvre de m'interroger, la joie d'apprendre, la félicité de comprendre sans rien prendre et sans rien altérer. Je sais aujourd'hui contempler les mystères, et me laisser porter par le sens du sacré. J'aime la joie, j'aime la fête, je ne crains pas la tristesse, je goûte l'austérité, je sais cette solitude qui m'ouvre à tant de présences, et je crois demeurer à chacun de mes gestes sous l'aube claire d'une éthique. Il m'arrive parfois, dans un éclair fugace qui ouvre à mille questions, d'entrevoir l'Amala, l'ultime réalité en hommage de laquelle je tente de réciter… Et j'endure cette merveille, cet océan de lumière, d'où s'en vient et s'en va le vivant[1]…

1. Le grand rapace grinça ainsi durant quelques heures. Puis il se retourna et se mit à pousser de petits cris en me regardant fixe. Son corps fut alors empli d'un roucoulement qui se déployait en scansions étranges. Cela me laissa très vite le sentiment d'une litur-

gie dans laquelle il parlait en chantant, et chantait en parlant. Moi qui avais bien longtemps écouté les oiseaux, je crus reconnaître des modulations de merles, de colibris, de pigeons, de tourterelles, de ramiers… Comme si tous les oiseaux du monde avaient chanté en lui. Et pas seulement les oiseaux, mais tout ce qui vivait ici ou ailleurs, capable ou pas d'harmoniser des cris.

Alors que j'avais cru comprendre ce qu'il me racontait, je fus dérouté par le chant psalmodié. Il fut assez bref. S'acheva dans une sorte de soupir. Puis, comme ayant déposé une offrande, il écarta les ailes, fit claquer son bec amer, abaissa les paupières sur l'insoutenable activité de ses pupilles, puis s'envola dans une lente majesté.

Bien entendu, mon premier soin fut de chercher où diable se trouvait « Rabuchon ». J'examinai une carte de la Martinique avant de repérer ce petit quartier de la commune de Saint-Joseph. Je me retrouvai bientôt dans cette forêt du haut des mornes, chemin moubin. Le cyclone qui venait de sévir avait eu peu d'effet sur ce lieu. Il gisait dans un creux, protégé par les flancs des Pitons. Je cherchai une hauteur pour en appréhender l'ensemble. Et je crus basculer dans un rêve.

Ce qu'avait décrit le Malfini se trouvait là. Une multitude d'oiseaux. Une prolifération d'arbres, de plantes, de fruits, de fleurs au centre d'un tourbillon d'insectes. Sur les pentes se tenaient quelques maisons; derrière elles quelques champs de bananes. Dans l'une d'elles, à l'aplomb des pentes basses tombant vers la ravine, je remarquai un vieux nègre. Il était assis sur un tabouret de potager, comme dans un poste d'observation, à griffonner sur un petit carnet. J'empruntai une trace entre des touffes de mahoganys, atteignis le bord d'une rivière qui se perdait dans une ravine ombreuse, puis remontai la pente vers lui.

C'était un être de douceur. Ses yeux brillaient de manière surprenante. Je ne savais pas quoi lui dire. Comment expliquer que cette visite était liée au récit d'une sorte de Malfini ? Je me rapprochai de lui en évoquant n'importe quoi. La pluie. Le temps. Le cyclone qui venait de sévir… Je lorgnai sur le carnet qu'il tenait à la main. Il en avait plusieurs près de son tabouret. C'était sans doute un scientifique. Botaniste, ornithologue ou entomologiste… Son carnet était couvert de croquis plus ou moins élaborés, accompagnés d'une prolifération de notes. Je demandai à le feuilleter. Ce que je fis avec le cœur battant tandis qu'il souriait. Des pages entières couvertes d'une écriture illisible, puis toutes les autres : parsemées des dessins d'un étrange colibri — le plus minuscule que j'aie jamais vu, d'une conformation presque impossible à classifier. Et, parmi ces innombrables dessins, toujours les hachures d'une ombre à grandes ailes, se tenant au-dessus, dérivant en dessous, souvent en arrière-plan, et qui semblait relever d'une variété très rare de grand rapace…

Je me mis à exulter sans trop savoir pourquoi. Le vieil homme m'observait en silence. Je lui désignai le colibri, puis l'ombre à grandes ailes, et lui dis : Où sont-ils? *Ils ne sont plus là,* dit-il. J'évoquai d'un ton précipité ce que l'oiseau m'avait confié. Il écouta en gloussant de plaisir, et me dit d'un air énigmatique : *Rien de tout cela n'est vrai, mais tout cela est bel et bien vivant...* Je m'apprêtais à lui rendre le carnet quand mon regard fut attiré par une sorte de poème. Écrit de travers, par bribes éparses, captées de manière empressée, oppressée, et qui demandaient encore à être organisées. Je crus reconnaître ce dont il s'agissait. C'est avec un sourire que j'osai lui dire en désignant le poème : l'oiseau qui est venu me voir, m'avait chanté ceci... Je croyais avoir rêvé... *Vous n'avez pas rêvé mais le rêve n'était pas loin,* dit-il encore en souriant. *C'est le chant, le plain-chant du vivant...* Il se mit à me le murmurer. Sa mémoire le possédait par cœur, comme s'il y avait ajouté beaucoup de ses propres réflexions. Sa voix elle-même était parfois très proche d'une roulade d'oiseau, ou d'une stridulation d'insecte, ou d'un souffle d'alizé dans les petites feuilles du mahogany, ou de je ne sais, tellement elle s'épanchait dans Rabuchon, et se mêlait sans pièce difficulté à la rumeur de tout ce qui vivait là...

Tableau, répétitions et gloses du Nocif

RÉCITATION

1

Rien n'est vrai, juste ou bon, tout est vivant.

2

Rien n'est universel, tout est diversel dans l'infinie variété du vivant et dans l'idéale perspective de son horizontale plénitude.

3

Connue ou inconnue, compréhensible ou pas, individuée ou collective, toute existence vivante est appelée *présence*, et toute *présence* dans l'univers ou dans le multivers, ouvre à la perspective d'une horizontale plénitude du vivant.

4

Il n'existe pas d'état ou d'étant moindre dans l'événement continu du vivant. Tous nourrissent la perspective de l'horizontale plénitude à partir de ce qu'ils réussissent de leur propre plénitude sans atteinte indécente aux allants de la vie.

5

Enchantons-nous de ce chant qui nous chante : au-delà des interactions, concurrences et coopérations, toute présence ouvre aux autres, et sans fin, et donc au monde en ses totalités, et donc à l'univers, sans doute au multivers, et donc aux infinis du vivant qui nous sont impensables.

6

Chantons ce chant qui nous enchante :
Il n'y a de beauté que dans la divination d'une horizontale plénitude du vivant. Il n'y a de divination d'une horizontale plénitude du vivant que dans la beauté.

7

Le crime contre la perspective d'une horizontale plénitude du vivant est nommé : il englobe, dépasse et prolonge, les crimes imprescriptibles connus, inconnus, en possibles ou encore en impensables devenirs.

8

La récitation sur le vivant ouvre sans sacralisation à une horizontale manière d'être prudent, d'être conscient, de penser et de se penser, de connaître et de se connaître, de vivre et de se vivre. Elle conditionne et valide toutes les déclarations de droits et de devoirs proclamées jusqu'alors.

9

Les conditions utiles à l'horizontale plénitude du vivant sont nommées :

États fondateurs de la beauté.

Répétitions et gloses du Nocif

1

Rien n'est vrai, juste ou bon, tout est vivant.

« Tout est vivant » suppose que tout relève d'un infini de processus en devenir, qui s'équilibrent, se conditionnent, se forment, s'informent et se déforment en spirales interactives…

L'atteinte au vivant, par quelque angle que ce soit, est une atteinte à Tout.

Il n'y a pas d'être du vivant, mais l'infini de ses états en devenir…

Dans le vivant, il n'y a pas d'essence, aucune permanence ou immuabilité : il n'y a que du devenir, dans les hasards, les inévitables et les nécessités…

Le vivant est un événement qui s'est ouvert sans nous, dont l'intention nous est inconcevable, dont les modalités nous sont impensables, et qui s'accomplira peut-être sans nous…

Nous n'avons qu'une chance, elle est dans l'événe-

ment continu du vivant : il n'en est pas pour l'instant de seconde…

La vie est une poésie de la matière…

2

Rien n'est universel, tout est diversel dans l'infinie variété du vivant et dans l'idéale perspective de son horizontale plénitude.

Le vivant n'est et ne peut se concevoir que dans son horizontale plénitude qui suppose tous les possibles en relation sans aucune hiérarchie. C'est un inatteignable (l'horizontale plénitude) placé en horizon au-dessus d'un impensable (le vivant)…

L'infini du vivant résulte d'un chatoiement de hasards, de nécessités, d'essais et de choix stratégiques; tout le divers aussi…

Tout l'humain n'est qu'une possibilité parmi d'autres, un des hasards ou l'une des stratégies de l'infini événement du vivant…

Tout l'humain, sa conscience, sa pensée, n'est qu'une trace vestigiale d'une simple stratégie de l'infini événement du vivant…

L'idée de l'Humain comme exception, comme centre ou sommet de la vie s'incline devant le fait que l'hominisation — la conscience, la pensée — n'est qu'un nœud parmi d'autres, qu'une étape parmi d'autres, ou sans doute une impasse parmi d'autres, dans une mouvance en évolution aléatoire qui nous reste impensable…

Tout le passé de l'Humain est dans le vivant, tout son présent, et tout son avenir aussi, avec ou sans humanité…

L'idée de l'Humain dans son accomplissement et dans son devenir ne suppose donc que vigilances, interrogations, études, soins et devoirs en perspective d'un idéal : l'horizontale plénitude…

Aucune culture, aucune civilisation, aucune nécessité économique ou sociale ne saurait s'arroger, pour quelque raison que ce soit, le droit d'une atteinte à la perspective de l'horizontale plénitude…

La pertinence de toute projection dans le monde est soumise au respect de la perspective de l'horizontale plénitude et ne saurait être admise sans cela…

Toute projection dans le monde, dans l'univers ou dans le multivers, ne saurait se concevoir sans sobriété, mesure et principe de prudence, pour ne rien altérer des équilibres connus du vivant, et de ceux qui nous sont encore impensables dans la perspective de l'horizontale plénitude.

3

Connue ou inconnue, compréhensible ou pas,
individuée ou collective, toute existence
vivante est appelée *présence,* et toute *présence*
dans l'univers ou dans le multivers ouvre
à la perspective d'une horizontale plénitude
du vivant.

Cette plénitude passe par l'équilibre de toute présence connue ou devinée, supposée ou espérée, et par le souvenir ritualisé de toutes celles qui ont pu exister...

Toute atteinte volontaire ou non à la perspective de l'horizontale plénitude doit faire l'objet d'une rigoureuse évaluation, et d'une juste et rigoureuse réparation de la part des présences qui en sont capables, et selon des règles prédéfinies par toutes...

Le cristal qui croît est une existence, mais non vivante...

Toute présence a le droit de se distinguer de certains états ou étants du vivant sans que cette distinction l'exonère de son appartenance à la perspective de l'horizontale plénitude et aux devoirs qui lui sont inhérents...

Aucune présence ne saurait se concevoir ou concevoir sa liberté, sa survie, sa dignité, son épanouissement ou sa décence, en dehors, au-dessus ou à l'écart d'une harmonie active avec tout le vivant connu ou deviné, supposé, espéré...

Toute présence dans notre monde, dans l'univers, dans l'ouvert du cosmos, a droit à tous les moyens utiles à sa dignité, à sa liberté et à une vie décente...

Toute présence a le droit de choisir le moment de sa mort, et d'obtenir le concours des consciences qui le peuvent pour en assurer la liberté et la décence...

Toute présence a le droit de choisir le lieu de son existence au monde et les voies de passage ou de séjour de ses errances...

Aucune présence ne peut être mise au service de l'épanouissement d'une autre, ni lui être, de quelque manière que ce soit, subordonnée…

La seule subordination justifiable entre présences est celle qui œuvre à la perspective de l'horizontale plénitude…

Aucune présence, quand elle est dotée de conscience réflexive, ne saurait ignorer, négliger ou porter atteinte à la perspective de l'horizontale plénitude…

4

Il n'existe pas d'état ou d'étant moindre
dans l'événement continu du vivant.
Tous nourrissent la perspective
de l'horizontale plénitude à partir
de ce qu'ils réussissent de leur propre plénitude
sans atteinte indécente aux allants de la vie.

Toute présence est un choix stratégique du vivant, et non une élection : toute présence tente sa chance, avec ce qu'elle est, et avec ce qu'elle peut devenir dans la perspective de l'horizontale plénitude…

Le vivant n'a pas de morale, mais l'univers est gros de la vie, la vie est grosse de la conscience, la conscience est grosse de la pensée, et donc capable quand cela est possible de décence en face de son propre mystère…

Une atteinte au vivant est indécente quand elle relève d'un appétit hors mesure, hors équilibre, hors équité, hors prudence et hors sobriété, hors toute inclinaison vers un horizontal partage...

Toute présence, complexe ou non complexe, est une fulgurance du vivant; toute fulgurance du vivant, complexe ou non complexe, est une présence...

Au-delà de sa propre plénitude, toute présence ne peut atteindre à sa pleine existence que dans l'horizontale plénitude du vivant...

5

Enchantons-nous de ce chant
qui nous chante : au-delà des interactions,
concurrences et coopérations, toute présence
ouvre aux autres, et sans fin, et donc
au monde en ses totalités, et donc à l'univers,
sans doute au multivers, et donc aux infinis
du vivant qui nous sont impensables.

La tension indécente vers une plénitude solitaire et in-solidaire contredit à plus ou moins long terme l'horizontale plénitude du vivant, et comporte par là même, à plus ou moins long terme, sa propre extinction...

Il n'est de plénitude décente que dans la perspective de l'horizontale plénitude...

Veiller à l'harmonie de cette déflagration, et la vivre, ouvre une voie possible, et une chance, à l'horizontale plénitude...

6

Chantons ce chant qui nous enchante :
il n'y a de beauté que dans la divination
d'une horizontale plénitude du vivant.
Il n'y a de divination d'une horizontale
plénitude du vivant que dans la beauté.

Toute beauté est le surgissement bouleversant d'une plénitude d'existence, vivante ou non vivante…

Toute beauté donne à deviner, et donc à désirer, l'éclat d'une horizontale plénitude du vivant…

La présence est une beauté, la beauté est une présence, car elle ne relève jamais d'une essence, ou d'une transcendance, mais de l'éclat maximal, transitoire, éphémère, d'un infini de processus en devenir vers une horizontale plénitude…

Toute présence dispose dans son devenir d'un droit à la beauté indissolublement lié à un devoir de beauté; de même qu'elle a droit à une liberté pleine dans son rapport à la beauté…

La présence la plus admirable a souvent l'éclat du Tout résultant de l'infime, et de l'infime déterminant le Tout…

Aucune règle culturelle, sociale, économique ou civilisationnelle ne saurait établir de prééminence dans les états, les étants du vivant, ni se déclarer plus importante que n'importe lequel d'entre eux…

7

Le crime contre la perspective
d'une horizontale plénitude du vivant
est nommé : il englobe, dépasse et prolonge,
les crimes imprescriptibles connus, inconnus,
en possibles ou encore en impensables devenirs.

Toute présence a le devoir de protéger, d'accompagner ou de soutenir, toute autre présence qui serait menacée de déséquilibre, de peur, d'usure ou d'extinction…

Toute présence, individuée ou collective, et capable de conscience réflexive, est responsable et solidaire des équilibres du vivant dans son entour immédiat; c'est par son entour immédiat que se fondent sa responsabilité et sa solidarité pleines avec la perspective de l'horizontale plénitude…

Il est proclamé comme nécessaires à la perspective de l'horizontale plénitude du vivant : le droit à l'opacité des existences et la mise en relation de la diversité pleine, dans ses états, ses étants, ses évolutions, ses transformations et ses complexités encore insoupçonnables…

Toute présence peut disparaître dans les régulations naturelles, dans les impasses ou dans les impossibles de la vie, mais toute présence doit être défendue par celles qui le peuvent — préservée, protégée, valorisée, et installée dans une pérennité optimale…

8

La récitation sur le vivant ouvre
sans sacralisation à une horizontale manière
d'être prudent, d'être conscient, de penser
et de se penser, de connaître
et de se connaître, de vivre et de se vivre.
Elle conditionne et valide toutes
les déclarations de droits et de devoirs
proclamées jusqu'alors.

La connaissance de l'événement ininterrompu du vivant — où toute présence est en changements, en devenirs et en dépérissements, où toute présence est cause et résultante de l'autre — est précieuse et déterminante pour toute démarche de connaissance : elle ne sacralise pas, elle aide aux bonnes questions...

9

Les conditions utiles à l'horizontale plénitude
du vivant sont nommés : *états fondateurs*
de la beauté.

De la Fondation.

Il sera créé une Fondation diverselle de l'observation, de la compréhension, de la préservation et de la valorisation du vivant dans ses états connus, ses formes indécelées, et dans ses évolutions encore insoupçonnables...

La Fondation veillera à l'évolution de toutes les organisations de présences, vers un respect horizontal des équilibres indispensables à la préservation d'une perspective de l'horizontale plénitude…

Pour ce faire, la Fondation chantera…

Toute atteinte indécente au vivant donne à la communauté des présences un droit d'interaction *en tous lieux, pour la protection et le rétablissement des conditions favorables à l'avènement de l'horizontale plénitude…*

Toute présence, toute organisation de présences se doit d'être légère, économe et sobre, et respectueuse des équilibres qui assurent la perspective de l'horizontale plénitude…

Les chants de la Fondation seront la matrice de toutes constitutions, traités, lois, règles ou règlements émanant des organisations de présences existantes et à venir. Ils seront opposables partout, dans notre monde, dans l'univers connu, dans le cosmos…

Poétique.

Le vivant est un événement qui ne peut être pensé, mais qui peut s'artiser, ou se poétiser…

L'œuvre d'art est puissante quand elle a ramené quelque chose de l'horizontale plénitude du vivant, et qu'elle s'érige en présence divinatrice…

Vivre c'est seulement vivre en plénitude, au plus sensible à la beauté de l'horizontale plénitude…

Toute présence peut vivre avec les autres, tout l'Autre, et « changer en échangeant ainsi sans pour autant se perdre ou se dénaturer »…

L'identité est devenir toujours, c'est en cela qu'elle pérennise…

L'Autre c'est toute présence individuée ou collective, connue ou encore inconnue…

Toute présence a droit à sa plénitude, donc à son opacité…

Aucune présence ne saurait se penser seule, s'épanouir seule, ni en dehors d'une vision de l'horizontale plénitude…

La seule limite à la plénitude d'une présence est la plénitude d'une autre, et la perspective de l'horizontale plénitude du vivant…

Le plein sens d'une présence est donné dans l'harmonie de sa relation aux présences de son entour, et donc dans sa vision de l'horizontale plénitude…

La tension vers l'horizontale plénitude commence par le souci des équilibres de l'immédiat et du tout proche de soi…

Toutes les manières d'être vivant, individuées ou collectives, sont recevables dans le respect des régulations naturelles de la vie, et dans une tension haute vers l'horizontale plénitude…

L'horizontale plénitude du vivant (la mise en relation infinie, imprévisible et harmonieuse de ses états, de ses étants) est le plus haut événement de science, d'idéal, de politique, d'arts ou de beauté que devraient, que pourraient, concevoir les présences qui le peuvent…

L'impensable de l'horizontale plénitude du vivant appelle à l'ovation des imaginaires, à l'océan des gloses, et à tous les points de suspension…

Favorite, Diamant, 2006 — 15 août 2008.

DU MÊME AUTEUR

Aux Éditions Gallimard

CHRONIQUE DES SEPT MISÈRES, *roman*, 1986. Prix Kléber Haedens, prix de l'île Maurice.

CHRONIQUE DES SEPT MISÈRES, *suivi de* PAROLES DE DJOBEURS, préface d'Édouard Glissant, *roman*, 1988 (Folio nº 1965).

SOLIBO MAGNIFIQUE, *roman*, 1988 (Folio nº 2277).

ÉLOGE DE LA CRÉOLITÉ, avec Jean Bernabé et Raphaël Confiant, *essai*, 1989.

ÉLOGE DE LA CRÉOLITÉ/*IN PRAISE OF CREOLENESS*, édition bilingue, *essai*, 1993.

TEXACO, *roman*, 1992. Prix Goncourt (Folio nº 2634).

ANTAN D'ENFANCE, 1993 (1re parution Hatier, 1990). Grand Prix Carbet de la Caraïbe (Folio nº 2844 : *Une enfance créole*, I, préface inédite de l'auteur).

ÉCRIRE LA PAROLE DE NUIT. LA NOUVELLE LITTÉRATURE ANTILLAISE, *ouvrage collectif*, 1994 (Folio Essais nº 239).

CHEMIN-D'ÉCOLE, *mémoires*, 1994 (Folio nº 2843 : *Une enfance créole*, II).

L'ESCLAVE VIEIL HOMME ET LE MOLOSSE, avec un entre-dire d'Édouard Glissant, *roman*, 1997 (Folio nº 3184).

ÉCRIRE EN PAYS DOMINÉ, *essai*, 1997 (Folio nº 3677).

ELMIRE DES SEPT BONHEURS. Confidences d'un vieux travailleur de la distillerie Saint-Étienne, photographies de Jean-Luc de Laguarigue, *essai*, 1998.

ÉMERVEILLES, illustrations de Maure, *nouvelles*, 1998 (coll. Giboulées).

BIBLIQUE DES DERNIERS GESTES, *roman*, 2002 (Folio nº 3942).

À BOUT D'ENFANCE, coll. Haute Enfance, *mémoires*, 2004 (Folio nº 4430 : *Une enfance créole*, III).

UN DIMANCHE AU CACHOT, *roman*, 2007. Prix RFO 2008 (Folio nº 4899).

LES NEUF CONSCIENCES DU MALFINI, *roman*, 2009 (Folio nº 5160).

LE DÉSHUMAIN GRANDIOSE, coffret comprenant *L'Esclave vieil homme et le molosse* (Folio nº 3184), *Un dimanche au cachot* (Folio nº 4899) et une postface, *De la mémoire obscure à la mémoire consciente*, 2010.

Chez d'autres éditeurs

MANMAN DIO CONTRE LA FÉE CARABOSSE, *théâtre conté*, *Éd. Caribéennes*, 1981.

AU TEMPS DE L'ANTAN, *contes créoles*, *Hatier*, 1988. Grand Prix de la littérature de jeunesse.

MARTINIQUE, *essai*, *Éd. Hoa-Qui*, 1989.

LETTRES CRÉOLES, tracées antillaises et continentales de la littérature, Martinique, Guadeloupe, Guyane, Haïti, 1635-1975, en collaboration avec Raphaël Confiant, *essai*, *Hatier*, 1991 (Folio Essais nº 352, nouvelle édition).

GUYANE, TRACES-MÉMOIRES DU BAGNE, *essai*, *C.N.M.H.S.*, 1994.

LES BOIS SACRÉS D'HÉLÉNON, en collaboration avec Dominique Berthet, *Dapper*, 2002.

QUAND LES MURS TOMBENT. L'identité nationale hors-la-loi ?, en collaboration avec Édouard Glissant, *essai*, *Galaade*, 2007.

TRÉSORS CACHÉS ET PATRIMOINE NATUREL DE LA MARTINIQUE VUE DU CIEL, avec des photographies d'Anne Chopin, *HC*, 2007.

LES TREMBLEMENTS DU MONDE, *À Plus d'un Titre Éditions*, 2009.

L'INTRAITABLE BEAUTÉ DU MONDE : ADRESSE À BARACK OBAMA, en collaboration avec Édouard Glissant, *Galaade Éditions*, 2009.

COLLECTION FOLIO

Dernières parutions

6761. Mathieu Riboulet	*Le corps des anges*
6762. Simone de Beauvoir	*Pyrrhus et Cinéas*
6763. Dōgen	*La présence au monde*
6764. Virginia Woolf	*Un lieu à soi*
6765. Benoît Duteurtre	*En marche !*
6766. François Bégaudeau	*En guerre*
6767. Anne-Laure Bondoux	*L'aube sera grandiose*
6768. Didier Daeninckx	*Artana ! Artana !*
6769. Jachy Durand	*Les recettes de la vie*
6770. Laura Kasischke	*En un monde parfait*
6771. Maylis de Kerangal	*Un monde à portée de main*
6772. Nathalie Kuperman	*Je suis le genre de fille*
6773. Jean-Marie Laclavetine	*Une amie de la famille*
6774. Alice McDermott	*La neuvième heure*
6775. Ota Pavel	*Comment j'ai rencontré les poissons*
6776. Ryoko Sekiguchi	*Nagori. La nostalgie de la saison qui vient de nous quitter*
6777. Philippe Sollers	*Le Nouveau*
6778. Annie Ernaux	*Hôtel Casanova* et autres textes brefs
6779. Victor Hugo	*Les Fleurs*
6780. Collectif	*Notre-Dame des écrivains. Raconter et rêver la cathédrale du Moyen Âge à demain*
6781. Carole Fives	*Tenir jusqu'à l'aube*
6782. Esi Edugyan	*Washington Black*
6784. Emmanuelle Bayamack-Tam	*Arcadie*
6785. Pierre Guyotat	*Idiotie*
6786. François Garde	*Marcher à Kerguelen.*

6787. Cédric Gras	*Saisons du voyage.*
6788. Paolo Rumiz	*La légende des montagnes qui naviguent.*
6789. Jean-Paul Kauffmann	*Venise à double tour*
6790. Kim Leine	*Les prophètes du fjord de l'Éternité*
6791. Jean-Christophe Rufin	*Les sept mariages d'Edgar et Ludmilla*
6792. Boualem Sansal	*Le train d'Erlingen ou La métamorphose de Dieu*
6793. Lou Andreas-Salomé	*Ce qui découle du fait que ce n'est pas la femme qui a tué le père* et autres textes psychanalytiques
6794. Sénèque	*De la vie heureuse* précédé de *De la brièveté de la vie*
6795. Famille Brontë	*Lettres choisies*
6796. Stéphanie Bodet	*À la verticale de soi*
6797. Guy de Maupassant	*Les Dimanches d'un bourgeois de Paris* et autres nouvelles
6798. Chimamanda Ngozi Adichie	*Nous sommes tous des féministes* suivi du *Danger de l'histoire unique*
6799. Antoine Bello	*Scherbius (et moi)*
6800. David Foenkinos	*Deux sœurs*
6801. Sophie Chauveau	*Picasso, le Minotaure. 1881-1973*
6802. Abubakar Adam Ibrahim	*La saison des fleurs de flamme*
6803. Pierre Jourde	*Le voyage du canapé-lit*
6804. Karl Ove Knausgaard	*Comme il pleut sur la ville. Mon combat - Livre V*
6805. Sarah Marty	*Soixante jours*
6806. Guillaume Meurice	*Cosme*
6807. Mona Ozouf	*L'autre George. À la rencontre de l'autre George Eliot*
6808. Laurine Roux	*Une immense sensation de calme*

6809. Roberto Saviano	*Piranhas*
6810. Roberto Saviano	*Baiser féroce*
6811. Patti Smith	*Dévotion*
6812. Ray Bradbury	*La fusée* et autres nouvelles
6813. Albert Cossery	*Les affamés ne rêvent que de pain*
6814. Georges Rodenbach	*Bruges-la-Morte*
6815. Margaret Mitchell	*Autant en emporte le vent I*
6816. Margaret Mitchell	*Autant en emporte le vent II*
6817. George Eliot	*Felix Holt, le radical.* À paraître
6818. Goethe	*Les Années de voyage de Wilhelm Meister*
6819. Meryem Alaoui	*La vérité sort de la bouche du cheval*
6820. Unamuno	*Contes*
6821. Leïla Bouherrafa	*La dédicace.*
6822. Philippe Djian	*Les inéquitables*
6823. Carlos Fuentes	*La frontière de verre.* Roman en neuf récits
6824. Carlos Fuentes	*Les années avec Laura Díaz.* Nouvelle édition augmentée
6825. Paula Jacques	*Plutôt la fin du monde qu'une écorchure à mon doigt.*
6826. Pascal Quignard	*L'enfant d'Ingolstadt. Dernier royaume X*
6827. Raphaël Rupert	*Anatomie de l'amant de ma femme*
6828. Bernhard Schlink	*Olga*
6829. Marie Sizun	*Les sœurs aux yeux bleus*
6830. Graham Swift	*De l'Angleterre et des Anglais*
6831. Alexandre Dumas	*Le Comte de Monte-Cristo*
6832. Villon	*Œuvres complètes*
6833. Vénus Khoury-Ghata	*Marina Tsvétaïéva, mourir à Elabouga*
6834. Élisa Shua Dusapin	*Les billes du Pachinko*
6835. Yannick Haenel	*La solitude Caravage*

6836. Alexis Jenni — *Féroces infirmes*
6837. Isabelle Mayault — *Une longue nuit mexicaine*
6838. Scholastique Mukasonga — *Un si beau diplôme !*
6839. Jean d'Ormesson — *Et moi, je vis toujours*
6840. Orhan Pamuk — *La femme aux cheveux roux*
6841. Joseph Ponthus — *À la ligne. Feuillets d'usine*
6842. Ron Rash — *Un silence brutal*
6843. Ron Rash — *Serena*
6844. Bénédicte Belpois — *Suiza*
6845. Erri De Luca — *Le tour de l'oie*
6846. Arthur H — *Fugues*
6847. Francesca Melandri — *Tous, sauf moi*
6848. Eshkol Nevo — *Trois étages*
6849. Daniel Pennac — *Mon frère*
6850. Maria Pourchet — *Les impatients*
6851. Atiq Rahimi — *Les porteurs d'eau*
6852. Jean Rolin — *Crac*
6853. Dai Sijie — *L'Évangile selon Yong Sheng*
6854. Sawako Ariyoshi — *Le crépuscule de Shigezo*
6855. Alexandre Dumas — *Les Compagnons de Jéhu*
6856. Bertrand Belin — *Grands carnivores*
6857. Christian Bobin — *La nuit du cœur*
6858. Dave Eggers — *Les héros de la Frontière*
6859. Dave Eggers — *Le Capitaine et la Gloire*
6860. Emmanuelle Lambert — *Giono, furioso*
6861. Danièle Sallenave — *L'églantine et le muguet*
6862. Martin Winckler — *L'École des soignantes*
6863. Zéno Bianu — *Petit éloge du bleu*
6864. Collectif — *Anthologie de la littérature grecque. De Troie à Byzance*
6865. Italo Calvino — *Monsieur Palomar*
6866. Auguste de Villiers de l'Isle-Adam — *Histoires insolites*
6867. Tahar Ben Jelloun — *L'insomniaque*
6868. Dominique Bona — *Mes vies secrètes*
6869. Arnaud Cathrine — *J'entends des regards que vous croyez muets*
6870. Élisabeth Filhol — *Doggerland*

6871.	Lisa Halliday	*Asymétrie*
6872.	Bruno Le Maire	*Paul. Une amitié*
6873.	Nathalie Léger	*La robe blanche*
6874.	Gilles Leroy	*Le diable emporte le fils rebelle*
6875.	Jacques Ferrandez / Jean Giono	*Le chant du monde*
6876.	Kazuo Ishiguro	*2 nouvelles musicales*
6877.	Collectif	*Fioretti. Légendes de saint François d'Assise*
6878.	Herta Müller	*La convocation*
6879.	Giosuè Calaciura	*Borgo Vecchio*
6880.	Marc Dugain	*Intérieur jour*
6881.	Marc Dugain	*Transparence*
6882.	Elena Ferrante	*Frantumaglia. L'écriture et ma vie*
6883.	Lilia Hassaine	*L'œil du paon*
6884.	Jon McGregor	*Réservoir 13*
6885.	Caroline Lamarche	*Nous sommes à la lisière*
6886.	Isabelle Sorente	*Le complexe de la sorcière*
6887.	Karine Tuil	*Les choses humaines*
6888.	Ovide	*Pénélope à Ulysse* et autres lettres d'amour de grandes héroïnes antiques
6889.	Louis Pergaud	*La tragique aventure de Goupil* et autres contes animaliers
6890.	Rainer Maria Rilke	*Notes sur la mélodie des choses* et autres textes
6891.	George Orwell	*Mil neuf cent quatre-vingt-quatre*
6892.	Jacques Casanova	*Histoire de ma vie*
6893.	Santiago H. Amigorena	*Le ghetto intérieur*
6894.	Dominique Barbéris	*Un dimanche à Ville-d'Avray*
6895.	Alessandro Baricco	*The Game*
6896.	Joffrine Donnadieu	*Une histoire de France*
6897.	Marie Nimier	*Les confidences*
6898.	Sylvain Ouillon	*Les jours*
6899.	Ludmila Oulitskaïa	*Médée et ses enfants*
6900.	Antoine Wauters	*Pense aux pierres sous tes pas*

6930. Collectif	*Haikus de printemps et d'été*
6931. Épicure	*Lettre à Ménécée* et autres textes
6932. Marcel Proust	*Le Mystérieux Correspondant* et autres nouvelles retrouvées
6933. Nelly Alard	*La vie que tu t'étais imaginée*
6934. Sophie Chauveau	*La fabrique des pervers*
6935. Cecil Scott Forester	*L'heureux retour*
6936. Cecil Scott Forester	*Un vaisseau de ligne*
6937. Cecil Scott Forester	*Pavillon haut*
6938. Pam Jenoff	*La parade des enfants perdus*
6939. Maylis de Kerangal	*Ni fleurs ni couronnes* suivi de *Sous la cendre*
6940. Michèle Lesbre	*Rendez-vous à Parme*
6941. Akira Mizubayashi	*Âme brisée*
6942. Arto Paasilinna	*Adam & Eve*
6943. Leïla Slimani	*Le pays des autres*
6944. Zadie Smith	*Indices*
6945. Cesare Pavese	*La plage*
6946. Rabindranath Tagore	*À quatre voix*
6947. Jean de La Fontaine	*Les Amours de Psyché et de Cupidon* précédé d'*Adonis* et du *Songe de Vaux*
6948. Bartabas	*D'un cheval l'autre*
6949. Tonino Benacquista	*Toutes les histoires d'amour ont été racontées, sauf une*
6950. François Cavanna	*Crève, Ducon !*
6951. René Frégni	*Dernier arrêt avant l'automne*
6952. Violaine Huisman	*Rose désert*
6953. Alexandre Labruffe	*Chroniques d'une station-service*
6954. Franck Maubert	*Avec Bacon*
6955. Claire Messud	*Avant le bouleversement du monde*
6956. Olivier Rolin	*Extérieur monde*
6957. Karina Sainz Borgo	*La fille de l'Espagnole*
6958. Julie Wolkenstein	*Et toujours en été*
6959. James Fenimore Cooper	*Le Corsaire Rouge*

Tous les papiers utilisés pour les ouvrages des collections Folio sont certifiés et proviennent de forêts gérées durablement.

Impression Novoprint
à Barcelone, le 16 mai 2022
Dépôt légal : mai 2022
1er dépôt légal dans la collection : novembre 2010

ISBN 978-2-07-043802-0 / Imprimé en Espagne

543503